오늘의 이란 시와 시인들

백년의 시간
천 개의 꽃송이

오늘의 이란 시와 시인들

백년의 시간
천 개의 꽃송이

초판 1쇄 2015년 8월 25일

지은이 · 에스머일 셔루디 외
옮긴이 · 최인화
펴낸이 · 김종해

펴낸곳 · 문학세계사
출판등록 · 제21-108호(1979. 5. 16)
주소 · 서울시 마포구 신수로 59-1(121-856)
대표전화 · 02-702-1800, 팩시밀리 · 02-702-0084
이메일 mail@msp21.co.kr
홈페이지 www.msp21.co.kr
트위터 @munse_books
페이스북 https://www.facebook.com/munsebooks

값 12,000원
ISBN 978-89-7075- 637-0   03890

ⓒ 문학세계사

· 이 책은 대한민국 외교부의 지원을 받아 출간되었습니다.

오늘의 이란 시와 시인들

백년의 시간
천 개의 꽃송이

에스머일 셔루디 외 지음

최인화 옮김

문학세계사

차례

제1부 침묵의 입술

제2부 우리는 알지 못했다

5

제3부 나를 외면하고 가라

제4부 내겐 어려울 게 없다

제1부

침묵의 입술

씁쓸한 소망

에스머일 셔루디

잠이 샘솟듯 밀려 올 무렵
난 그대의 팔베개가 그리웠다
그러나 내 눈에 들어온 건
근심 어린 두 눈동자뿐
그대의 손길은
나를 지나쳐
타인들에게 가 버렸다
물이 흘러가 버리듯 그렇게

에스머일 셔루디(*Esma'il Shahrudi, 1928~1981*)

본명은 모함마드 에스머일 셔루디*Mohammad Esma'il Shahrudi*. 고등학교 교사로 근무하였고, 인도 대학에서 이란 현대문학 강의를 하기도 하였다.

대표 시집으로 『최후의 전투』, 『미래』, 『길 길 길의 사방에서』, 『미카트 앉게나』 등이 있다.

내일이 오면

마흐무드 키어누쉬

백 년 전에도 세상은 다를 게 없었다
그때 사람들 지금 흔적조차 남아 있지 않다
오늘을 살아가는 그대여, 자만하지 말라
내일이 오면 그대 역시 시간의 기억에서 잊혀질 테니

마흐무드 키어누쉬(*Mahmud Kianush, 1934~ *)

테헤란대학교 영문학과 졸업. 시인, 번역가, 소설가, 문학평론가, 아동문학가로 활동하고 있다. 현재 영국 거주.

대표 시집으로 『간결하고 슬픈』, 『경이로움의 꽃망울』, 『고단한 물』, 『우정의 책』, 『별의 정원』, 『새와 인간에 대하여』 등이 있다.

영원한 건 없다

하빕 야그머이

이 집에서 영원한 건 없다
사탄도 솔로몬 왕도 다 떠난다
지붕이든 천장이든 발코니든
금이 가고 부서지며 무너지니까
가난한 자의 집만 주저앉는 게 아니다
궁궐 또한 마찬가지
대지와 그 안에 있는 그 무엇
하늘과 빛나는 태양마저 영원한 건 없다
금성도, 달도, 토성도
갈라지고 폭발하리라
산도 바다도 사막도
종잇장처럼 구겨져 사라지리라
시간이 시작된 시점이 있듯이
끝에 닿는 날 역시 찾아오리라
이것은 나의 충고가 아닌 진리
하디스[1]와 코란에도 나와 있으니 새겨들으라

---

1. 선지자 무함마드의 말과 행동, 사례들을 한데 모아 편찬한 『언행록』을
가리킨다. 하나님의 말씀인 코란과 더불어 하디스는 무슬림들의 일상생
활에서 매우 중요한 위치를 차지한다.

 하빕 야그머이(*Habib Yaghma'i, 1901~1984*)

시인, 고문서학자 겸 언론인. 고등 사범학교에서 교편을 잡기도 했으며 31년 간 학술지 《야그머》를 발행하기도 하였다.
대표 시집으로 『운명』, 『살럼어버드』 등이 있다.

어머니

이라즈 미르저

어머니 날 낳으시고
젖 무는 법 알려 주셨다

밤이면 머리맡
뜬 눈으로 날 잠재우시고

손잡고 한 발짝 두 발짝
걸음마 일러 주셨다.

혀끝에 단어 한 마디, 한 마디 놓아
말 트이게 해주셨고

내 입술에 웃음꽃 한가득
꽃봉오리 피우도록 가르쳐 주셨다

어머니 계심에 나 있으니
나 사는 날까지 어머니, 사랑합니다

이라즈 미르저(*Iraj Mirza, 1874~1926*)

시인, 사회평론가, 번역가, 교육가 겸 공직자. 전
통시형을 유지하되 쉽고 간결한 어휘와 문체로
시문학의 일대 개혁을 이루었다. 사회 비판적이
면서도 감성에 호소하며 교훈적이기도 한 그의
시는 이란 입헌 혁명기 문학에 큰 영향을 미쳤다.
대표 시집으로『조흐레와 마누체흐르』,『이라즈 미르저 전집』,『어레
프너메』,『단편시 선집』등이 있다.

아쉬움

마저헤르 모사퍼

지나간 내 인생에서 무엇이 남았나
스스로에게 물었다
상처 입고 힘겨운 이 내 마음이
바르르 떨며 답했다
후회만이 남았지
사랑하면서 뭘 얻었냐고
나는 다시 마음에게 물었다
마음이 대답했다
암, 있지. 하지만 아아……

그렇다
이 덧없는 인생살이
나에게 남은 것이라곤 아쉬움과 후회뿐
낮밤이 가고 달이 가고 해가 지나고 나니
후회만이 한가득 남아 있구나
늘 아쉬움의 탄식으로 시작된 시간들
늘 후회와 함께 지나 버린 시간들

다가온 시간 앞에 나는 아쉬워했고

가 버린 시간 앞에 나는 후회했다

마저헤르 모사퍼(*Mazaher Mosafa, 1933~*)
테헤란대학교 페르시아 어문학과 대학원 졸업(문학박사). 테헤란대학교 교수 역임.
대표 시집으로『쉬러즈의 밤』,『미풍』,『열 개의 외침』,『서른 개의 말言』,『서른 개의 조각』,『분노의 폭풍』등이 있다.

고고학자

페레이둔 타발라리

시커먼 땅속 저 깊은 곳, 고고학자는
죽은 자들의 어두운 횃불을 찾는다
차디찬 무덤 속에서 따스한 불꽃이라도 찾을 수 있을까
세월의 먼지를 바람에 날린다

깨진 술잔
귀고리
초점 없이 탁했을 두 눈알이 박혔던 두개골까지
샅샅이 훑는다
검은 망각 속에서
죽은 자들의 이야기들을 끄집어 되살려 낸다
생명이 말라 버린 샘의 침전물 속에서
좁은 무덤, 상상의 물 한 방울 흔적이라도 얻고자
무덤 주인들은 아랑곳하지 않은 채
젊은 뼈든 늙은 뼈든 곡괭이로 내리친다

그 순간 무덤 한 귀퉁이에서
곡괭이 소리에 놀라 성난
고약한 전갈 한 마리가

두개골 밖으로 고개 내밀더니
달려들어 독을 쏘아 버린다

얼마 후
어두컴컴 섬뜩한 묘지에선
하이에나가 고고학자의 몸뚱이를 뜯어먹는다

페레이둔 타발라리(*Fereidun Tavallali,* 1917~1985)
테헤란대학교 고고학과 졸업. 시인, 정치평론가 겸
고고학자. 이란 남부 퍼르스 주 고고학청장 역임.
대표 시집으로 『해방』,『카라반』,『귀환』,『암청색
불꽃』,『악몽』 등이 있다.

찻집

마누체흐르 네예스터니

고단한 시선들, 기운 없는 얼굴들
꾹 다문 입술 위엔 이미 말라 버린 말소리
소리꾼이 풀어 놓는 끝없는 옛이야기에
모두 넋 잃고 귀 기울인다

제 아비 로스탐의 손에 죽은 용맹한 소흐럽[1]
비통하고 애달프지만 견뎌 내야만 하는 아픔
이맘 후세인[2]에게 통치를 약속했던 이야기
이맘의 숭고한 피로 얼룩진 들판
아아, 이 시신을 어찌한단 말인가
절과 시모르그의 이야기[3]
사랑에 빠져 곤경에 처한 셰이크사넌[4]
바흐럼과 일곱 탑[5]
일곱 나라에서 온 일곱 미녀 이야기
모두가 보름달마냥 아름답기 그지없구나
아니, 달보다 더 사랑스럽다

늙은 소리꾼에게 흠뻑 빠진 손님
찻집 종업원이 다가와 묻는다

"이보오, 차 한 잔 더 하시려오?"

때론 한숨이, 때론 삶의 넋두리가
때론 침묵이, 그리고 거친 숨소리가

원숭이 펄쩍 뛰는 소리에
떠돌이 악사의 선잠은 달아나고
그 광경을 보고 있는 또 다른 시선

"골모울러"[6] 외치는 소리와 뱀이 들어 있는 상자
기도문 적힌 종이 몇 장은
구원에 이르는 열쇠
가래 끓는 기침 소리들 계속 들리고
사람들이 일제히 외친다
"살라버트"[7]

금이 간 평상 위에 앉은 한 노인
벽화에서 눈길을 떼지 않는다
이맘의 성스러운 초상[8] 옆에는 무크타르[9]의 응징 장면

이 그려져 있다

　　이리저리 배회하는 새끼 고양이 한 마리
　　선반 위에선 거미가 줄을 탄다
　　물 때문에 서로 죽고 죽인 이야기
　　전쟁과 식료품 값 이야기
　　주인집 안사람이 애 낳다 죽은 이야기……

　　기침 소리, 논쟁하는 모습
　　꾸벅꾸벅 졸고 하품하는 모습
　　달달한 차와 곰방대의 쌉싸름한 연기
　　저무는 하루가
　　지평선 은빛 잔으로 차를 마시고 있다

---

1. 페르시아 민족 고유의 신화, 설화, 역사를 바탕으로 페르도우시
(*Ferdousi*, 940-1020)에 의해 쓰어진 페르시아 최고의 서사시 「셔너메
(*Shahnameh*, 왕서王書」에 등장하는 인물들로 비극의 주인공이다.

2. 이슬람 예언자 무함마드의 손자이자, 알리(*Ali*, 이슬람 예언자 무함마드의 사촌이자 사위였으며, 무함마드 사후 네번째 정통 칼리프 자리에 올랐던 인물)의 아들. 쿠파(*Kufah*, 이라크에 위치한 도시명)의 원로들은 그에게 서신을 보내, 우마이야(661~750)조 제2대 칼리프인 야지드 1세(647~683)의 통치를 받아들일 수 없으니 야지드 1세에 맞서 함께 싸워 달라고 청하였다. 그러나 정작 후세인이 군사를 이끌고 왔을 때 이들은 후세인을 외면하였고, 야지드 1세의 대규모 병력과 싸우던 후세인은 결국 680년 10월 카르발라(이라크에 위치한 도시명)에서 전사했다. 이슬람력으로 무하람 월月 10일에 발생한 이 사건은 시아파 이슬람 최대의 비극적 사건으로서, 시아 이슬람 문학 작품에서도 자주 언급되었다.

3. 페르시아 설화 속 인물로, 페르도우시의 서사시 「샤너메」에도 등장한다. 섬*Sam*의 아들이자, 페르시아의 민족 영웅이며 최고 용사인 로스탐의 아버지이다. 백발의 흉한 모습으로 태어난 절은 아버지에 의해 지혜로운 불사조 시모르그*Simorgh*가 살고 있는 거프*Qaf* 영산靈山자락에 버림받고, 절은 시모르그로부터 지혜와 지식을 습득하고 성장한다.

4. 페르시아 이슬람 신비주의 문학의 위대한 시인 아타르(*Attar*, 1145~1220)의 작품 『새들의 대화』에 나오는 이야기 속의 인물. 높은 학식과 신실하고 금욕적인 생활로 덕망 높던 종교 스승 셰이크산년이 미모의 그리스도교 신자와 사랑에 빠져 이슬람을 등졌다가 다시 이슬람교를 받아들이고, 그리스도교 처녀도 마침내 이슬람을 받아들이게 된다는 내용이다.

5. 페르시아 로맨스 서사문학의 대가인 네저미 간자비(*Nezami Ganjavi*, 1141-1209)가 12세기 말엽에 쓴 서사시 『일곱 개의 초상』에 등장하는 인물과 이야기들. 페르시아의 사산 왕조 바흐럼*Bahram* 5세는 일곱 나라 출신의 일곱 미녀에게 각각 탑을 마련해 주고 밤마다 번갈아 일곱 미녀들의 처소를 찾아갔다. 미녀들은 매일 밤 바흐럼 5세에게 교훈적인 내용을 포함한 여러 가지 이야기들을 들려준다.

6. 상자에 뱀을 넣어 가지고 다니며 기예를 펼치며 군중에게서 돈을 거둬

들이던 이들은 '골모울러'라고 외치고 기예를 시작했는데, 골레 몰러*gole moulla*란 원래 이슬람 신비주의의 탁발 수도승을 가리킨다.

7. 무슬림들은 이슬람 예언자 무함마드의 이름이 거론될 때마다 아랍어로 된 기도문을 읊조린다. 보통 시아파 이슬람에서는 "무함마드와 그의 거룩한 가문에 평화가 깃들기를"이라는 문장을 많이 사용한다.

8. 우마이야 조 2대 칼리프 야지드 1세 군대와 싸우다 카르발라에서 목숨을 잃은 시아파 3대 이맘 후세인과 전투 장면을 그린 벽화.

9. 무크타르 이븐 아비 우베이드*(Mukhtar ibn Abi Ubayd, 622-687)*. 초기 시아파 이슬람의 투사. 이맘 후세인이 전투에서 패하고 목숨을 잃자 5년 후 이맘 후세인의 복수를 하려고 봉기한 인물. 이맘 후세인의 죽음에 관련된 자들을 제거하고 18개월 동안 권력을 차지하기도 하였다.

 마누체흐르 네예스터니*(Manuchehr Neyestani, 1936~1982)*

시인 겸 문학 교사 출신. 기교나 꾸밈 없는 간결한 문체로 일상과 주변 세계에 대하여 애잔한 심정으로 노래한 시들이 많으며 때로 블랙유머도 찾아볼 수 있다.

대표 시집으로 『새싹』, 『꿈』, 『어제 그리고 하이픈(-)』, 『장애물 달리기』 등이 있다.

감옥에서 맞는 새해[1]

파로히 야즈디

상중에 새해 인사를 다닐 수 있으랴
새해야, 감옥을 찾아오던 네 발길을 어서 되돌리거라
우리에게 명절 따윈 없다

새장 속 앵무새가 건네는 신년 인사
현명한 자라면 단번에 안다
그저 흉내내기에 불과하단 것을

자허크[2]의 폭정 탓에 비통스런 새해 명절
즐거워하는 자 있다면 잠시드[3] 후손이 아니다

나 지금 날개에 고개 파묻고 있는 건
사랑 노래를 불러 주던 그 새가
내 곁에 더 이상 없는 탓이다

죄 없이 감옥에서 억울하게 죽는 이 있지만
무고한 이를 죽인 자 역시 영원하지는 못하리라

옷을 벗을수록 햇볕이 따스하구나

태양보다 살가운 벗은 없는 것 같다

올곧은 백성들이 나라로부터 받는 보상이란 게
투옥과 유배와 처형밖에 없는 이 도시
아,

들리는 대사면 소식이 참이든 거짓이든
파로히의 고된 인생길
좌절하지 않으리

---

1. 이란은 예부터 페르시아 고유의 잘랄리*Jalali*력을 사용해 왔는데, 이란
인들의 새해는 3월 21일부터 시작된다.
2. 고대 페르시아 설화를 바탕으로 페르도우시가 쓴 대서사시 「셔너메
(*Shahnameh*, 왕서王書」에 등장하는 폭군. 악마가 그의 어깨에 입을 맞춘
후 자허크의 양 어깨에서는 뱀 두 마리가 생겨났다. 그는 뱀에게 물리지
않기 위해 매일 건장한 청년 두 명을 죽여 그의 뇌를 뱀의 먹이로 주어야
만 했다. 무려 1,000년 동안 폭정을 일삼으며 페르시아 백성을 괴롭히던
자허크는 결국 잠시드 왕의 후손인 페레이둔과의 전쟁에서 패하여 다머
반드*Damavand*산(이란에서 가장 높은 산)에 갇히게 된다.
3. 페르도우시의 대서사시 「셔너메」에 등장하는 페르시아 설화 속의 왕.
무기의 발명, 조선술과 항해술의 발명, 직물 제조 및 의복의 발명, 벽돌 제
작과 건물 짓기, 직업에 따른 백성들의 계급 조성, 각종 보물과 향기의 발
견 등 인류의 중요한 업적을 남겼다. 700년 동안 선정을 베풀었지만 자만
심으로 인해 신의 신임을 잃게 되어 자허크에게 왕좌를 빼앗긴다.

파로히 야즈디(*Farrokhi Yazdi, 1889~1939*)

하층민 출신으로 이란 입헌 혁명기에 활동한 시인이자 일간지 《투펀*Tufan*》을 발간한 언론인 겸 정치인. 그가 쓴 연가는 당대 최고로 평가받았다. 정치적인 이유로 투옥되었다가 감옥에서 의문사 당하였다.

대표 시집으로 『파로히 시전집』이 있다.

사랑을 향하여

네점 바퍼

좌절하고 괴로운 이여, 사랑에 기대어 보라
사랑은 마음의 키블라[1]
그대 원하는 무엇이든 빌어 보라

마음이 불탄 후에야
비로소 영혼을 울리는 말이 나온다
마음이 어떤지 궁금한가?
말에 귀 기울여 보라

장밋빛 얼굴들 사이, 나의 창백한 낯빛은 창피하다
내 눈에서 이따금 피눈물 흘러
창백한 낯을 붉게 씻어 주기를……

진실을 외면하는 그대여
운명을 탓하지 말라
외면하는 시선이 삐딱한 것이다
남 탓하지 말고 네 가슴을 쳐라

외로움에 나 죽어 가니, 사랑하는 사람이여, 내게 자비를

침묵 때문에 나 죽어 가니, 마음이여, 나의 말벗이 되어 주길

사랑하는 사람만이 내 기쁨이므로
쓸쓸할 땐 사랑하는 사람을 기억에서 불러내라

---

1. 무슬림들이 기도를 올리는 방향. 무슬림들은 사우디 아라비아의 메카를 향해 기도를 한다.

네점 바퍼(*Nezam Vafa, 1888~1964*)
시인, 극작가, 교육가.
대표 시집으로 『지난 일들』, 『마음의 승리』, 『마음의 이야기』 등이 있다.

동지 전야[1]

네마트 미르저저데

악의 밤, 야수의 밤, 아흐리만[2]의 밤
뻔뻔하고 상스러운 밤

빛이 쏟아지는 밤, 야바위의 밤
아흐리만이 벌인 꼭두각시놀음의 밤

양치기의 탈을 쓴 늑대의 밤
도적의 행렬이 이어지는 밤

거짓이 권세를 얻던 밤
퀴퀴한 진창이 여물던 밤

동네방네 훤히 불 밝힌 밤
불명예의 나팔 소리 울려 퍼진 밤

세상은 악마의 명령이 지배하고
아흐리만에겐 흥겨운 잔치
나에겐 비탄의 밤
지새우는 밤

1. 이란인들은 동지를 얄더 *yalda*라고 부른다. 이란인들은 동지 전날이면 온 가족이 둘러앉아 밤늦게까지 석류, 수박 등의 붉은색 과일과 견과류를 먹으며 허페즈의 시를 읽고 이야기를 나누는 풍습이 있다.
2. 악, 추함, 어둠 등을 상징하는 존재. 조로아스터교에서는 악마, 사탄, 인간의 모든 악행 등은 모두 아흐리만의 속성을 이어받은 것들이라고 믿는다.

네마트 미르저저데(*Ne'mat Mirzazadeh, 1939~*)
프랑스 파리에서 인류학을 전공했다. 현재 프랑스에 거주중이다.
대표 시집으로 『메시지』, 『이맘께 보내는 편지 세통』, 『개양귀비꽃과 이슬』, 『조국을 위하여』, 『권능의 밤』 등이 있다.

침묵의 입술

후샹 엡테허즈

오늘 밤 그대는 내 마음에 귀 기울이지만
내일이면 나를 잊겠지
세월의 조개가 늘 진주를 품고 있는 건 아니라고
나 거듭 그대에게 말하지만
그대 과연 내 말을 품고 있을까
나 그대 안고 싶지만 내 손에 닿지 않네
달처럼 고운 그대, 누구 손을 잡고 있는가
그대 술잔에 무엇이 담겼기에 한 모금만 마셔도
술 취한 자, 안 취한 자 모두 정신을 놓게 만드는가
마음은 술이 끓고 있는 술독
그 안에서 술이 끓고 있으니 그대 부디 보아 주길
시어보쉬[1]가 흘린 피를 그대 기억한다면
그대가 내게 귀 기울여 준다면
그대 귀에 걸려 있는 보석보다
훌륭한 말 한 마디 들려주리니
세상이라는 술잔엔 연인들의 피눈물이 가득하니
그 잔으로 마실 때에는 예를 갖추어 주게
그림자[2]여! 그대는 침묵의 입술로 이 시를 읊으며
만인을 위해 촛불을 밝혀 놓았구려

1. 페르도우시의 대서사시 「셔너메」에 등장하는 등장하는 케이 커부스 *Kei Kavus* 왕의 아들

2. 시인의 필명이 페르시아어로 그림자*saye*이다.

후샹 엡테허즈*(Hushang Ebtehaj, 1928~)*

시인. 페르시아 전통 시인 '허페즈'의 서정시 계보를 가장 잘 이어받은 시인 중 하나로 평가받는다. 음악에도 조예가 깊다.

대표 시집으로『최초의 선율』,『신기루』『동지 전날 아침』,『거울 속의 거울』,『갈대의 외침』,『글씨 연습 1~4』등이 있다.

비둘기 찬가

말레크 쇼아러 바허르

고운 비둘기, 이리 오너라
장뇌처럼 하얀 몸뚱이 불그스레한 발
지붕 저 높이서 날아올라
나에게 오너라, 눈송이처럼

아침 무렵 동쪽 하늘
황금새가 금빛 날개 펼치면
유리창 너머 빠끔히 고개 내밀고
뽐내는 너희 모습을 보게 해 다오

순수를 노래하며
바닥에 꽁지깃을 끄는 모습 사랑스럽다
아침 산들바람, 너희 노랫소리
내 귓가엔 사랑의 언약이나 다름없다

새벽이면 살그머니
감미로운 천상의 멜로디 불러 다오
무언無言의 말로 연인들에게
사랑의 메시지 전해 다오

곱게 단장한 신부들아, 준비하라
너희 둥지 문 활짝 열어 주겠다
힘찬 날갯짓 소리가
이 집 너머 골목과 마을에 울려 퍼진다

천국의 문이 열리는 듯하다
내 그 문을 너흴 위해 열어 줄 터이니
천사처럼 날아오르거라
하늘에 깃털로 수놓아라

천사는 하늘에서 내려온다지만
너희들은 지상에 사는 천사
지상에서 날아올라 하늘의 천사가 되거라

마실 물과 모이가 없어도
너흰 그 어떤 비명도, 말도 없구나
감미로운 사랑 노래만 부를 뿐

어서 지붕에서 내려 오너라
손뼉 치고 춤추며 내려와
고요한 여기 바닥에 앉아 보거라
여긴 나 말고는 아무도 없단다

듬직한 내 친구들아, 어서 오너라
너희 위해 내 여기 좁쌀을 뿌려 놓으마
내세울 것 하나 없는 나
마을 사람들과 어울리느니
너흴 만나는 게 좋다

말레크 쇼아러 바허르*(Maleko Shoara Bahar, 1886~1951)*

시인, 학자, 언론인, 정치인, 번역가. 국회의원과 여러 공직을 거쳐 테헤란대학교 페르시아 어문학과 교수를 역임하였다. 생생한 사회적 소재들을 작품 속에 반영하여 새로운 문체와 표현으로 자유를 노래한 이란 근대시의 개척자이다.

대표 시집으로 『네 개의 연설』, 『감옥에서의 성적표』, 『시전집』, 『새벽 새(시선집)』 등이 있다.

물

소흐럽 세페흐리

물 흐리지 말라
저 아래 어딘가 비둘기가 목 축일지 모른다
저 멀리 수풀 속 방울새가 깃털 단장하고
어느 마을에선가 물을 길을지도 모른다

물 흐리지 말라
물 흘러 흘러 버드나무 밑동에 다다라
슬픈 마음 씻어 내 줄지
가난한 이가 마른 빵조각 적서 먹을지 모른다
아리따운 어인 강가로 나왔구나
물 흐리지 말라
물에 비친 여인의 얼굴
고운 모습 두 개가 되었구나

이 물 참 맛나기도 하다!
이 강물 참 맑기도 하다!
윗마을 사람들은 참 고맙기도 하다!
윗마을에선 샘물이 마르지 않고
소들에게선 충분한 젖이 나오기를!

나 비록 윗마을 가 본 적 없지만

그곳 울타리 밑엔 분명 하느님 발자국 나 있고

달빛도 훤히 비추며 말을 건네겠지

윗마을은 토담도 높지 않고

사람들도 개양귀비가 어떤 꽃인지 알 테지

그곳에선 파란색이 정말 파란색일 거야

꽃망울이 터지면 마을 사람들 모두 그 소식 듣겠지

사람 사는 마을은 그래야 하지

길목마다 음악 소리가 가득하기를

강가 사람들은 물 소중한 줄 알아서

절대 물 흐리는 법이 없다

그러니 우리 또한

물 흐리지 말자

소흐럽 세페흐리(*Sohrab Sepehri*, 1928~1980)

테헤란대학교 예술대학 졸업. 화가 겸 시인. 국영
석유회사 및 이란 문화예술국에서 근무하였고, 예
술고등학교에서 교편을 잡기도 하였다. 쉬운 언어
로 자연을 노래한 정감 있는 시를 많이 남겼다.
대표 시집으로『슬픔의 동쪽』,『물의 발소리』,『색채의 죽음』,『여행
자』,『꿈들의 일생』,『풀밭 옆이나 연인의 무덤가』,『햇빛 쏟아지다』
등이 있다.

내 고향 어디냐고 묻는다면

절레 에스파허니

고향이 어디냐고?
나는 떠돌이 방랑자
슬픔과 고통으로 자랐다

세계 지도를 보라
시선 하나로 국경선을 넘어 보라
나의 동포가 떠돌지 않는 땅
그 어디에도 하나 없다

나는 꿈 속을 헤매는 불안한 영혼
달빛 가득한 밤
꿈 속에서
나는 끝 없는 소망의 바위 위를 걷는다
고향이 어디냐고?
나를 깨우는 그대 물음에
나 황금빛 꿈 속
높다란 소망의 지붕 꼭대기에서
진실의 벽 끝으로 추락하였다

내 고향이 어디냐고?
내 고향은 가난과 풍요가 공존하는 땅
푸르른 초원 가득한 알보르즈[1] 산자락
찬란한 저얀데[2] 강과
페르세폴리스[3]의 옛 궁궐이다

내 고향이 어디냐고?
내 고향은 시와 사랑과 태양빛 가득한 땅
투쟁과 희망과 고난의 나라
혁명에 목숨 바친 이들의 요새다

목마른 기다림에 두 눈이 쓰라리다
이제 알겠는가,
내 고향이 어디인지?

---

1. 이란 고원의 북쪽을 동서로 지나는 산맥. 최고봉은 다머반드 산 (*Damavand*, 해발 5,671m)이다.
2. 이란 고원의 중심부를 흐르는 강. 총 길이는 200km.
3. 쉬러즈*Shiraz* 인근에 남아 있는 페르시아 제국의 왕궁 유적. 이란어로 타크테 잠쉬드*Takhte Jamshid*라고 부른다.

절레 에스파허니(*Zhaleh Esfahani, 1921~2007*)

문학박사로 러시아에서 수학하였다. 시인 겸 번역가. 대표 시집으로『야생화』,『제비의 노래』,『내게 천 개의 펜이 있다면』,『침묵의 외침』,『숲의 노래』등이 있다.

팬지의 대이동

샤피이 카드카니

12월[1] 하순
팬지의 대이동
아름답구나

12월 어느 화창한 오후
차디찬 그늘에서 팬지 꽃이
봄날의 향기로운 세상 속으로
흙과 뿌리째
길 한쪽 구석으로 옮겨진다

작은 나무 상자들은
팬지의 이동식 고향

내 안에서 시냇물 솟아 흐르며
쉼 없이 속삭인다

아,
인간도 팬지 꽃처럼
고향을

흙 상자에 담아
원하는 곳 어디로든
갈 수만 있다면……
밝은 비 속으로든
청아한 햇살 속으로든
아, 갈 수만 있다면……

1. 에스판드*esfand*라는 이름으로 불리는 페르시아력으로 12월 하순은 서기력 3월 중순에 해당하는 기간으로, 이란 전역이 봄맞이 준비로 분주할 때이다.

샤피이 카드카니*(Shafi'i Kadkani, 1939~)*

테헤란대학교 페르시아 어문학과 대학원 졸업(문학박사). 문학평론가, 작가, 학자, 번역가 겸 테헤란대학교 교수.

대표 시집으로는 『속삭임』, 『잎새의 언어에 대하여』, 『니셔부르의 골목에서』, 『비 오는 밤 나무처럼』, 『존재와 노래에 대하여』, 『소리를 위한 거울』, 『바람과 비의 노래』 등이 있다.

이별 편지

모함마드 알리 에슬러미 노두샨

물어물어
그녀 집을 찾아갔네
벨을 누르자 문이 열렸네
잠깐 이리로 나와 달라고 전해 주세요!

그녀가 나왔네
고개를 숙인 채 무거운 발걸음
죄 지은 아이마냥 겁 먹고
놀란 사슴마냥 바들바들

미안함에 발그스레한 얼굴
파리하게 꽉 다문 차가운 입술
용서를 구하는 뜨거운 눈
귀밑까지 헝클어진 머리카락

그녀에게 편지를 주었네
매정한 사람이여
받으오, 이별 편지라오

그렇게 나는 떠났네

안녕, 사랑이여

 모함마드 알리 에슬러미 노두샨*(Mohammad Ali Eslami Noudushan, 1925~)*

법학 대학원 졸업(국제법 박사). 시인 겸 번역가.
테헤란대학교 교수 역임.
대표 시집으로 『죄악』, 『샘물』 등이 있다.

골목

페레이둔 모쉬리

그대 없이 나 홀로
어느 달밤, 또다시 그 골목을 찾았다
내 온몸은 눈이 되어 그대 찾아 헤매었다
내 몸 안의 술잔은 행여 그댈 만날까
설렘으로 흘러넘쳐
나 미친 사랑의 노예가 되고 말았다 그때처럼

영혼 깊숙한 곳에선 그대 기억의 꽃이 빛난다
백 가지 추억 가득한 정원이 미소 짓고
백 가지 추억의 향기로 가득하다

기억났다, 우리 나란히 이 골목을 거닐던 그 밤
우린 날개를 펴고
그토록 바라던 오붓함에 걸음을 옮기며
한 시각 남짓 개울가에 나란히 앉았었지
세상의 비밀이 그대 까만 눈동자에 담겨 있고
나 온통 그대 눈빛에 사로잡혔던 그 밤

구름 한 점 없던 하늘 고요한 밤

행운이 우리를 위해 웃음 짓고 시간마저 우리 편
알알이 물 속에 스며든 달빛
달빛을 향해 손을 뻗은 나뭇가지들
그날 밤 들, 꽃, 돌멩이
나이팅게일의 노래 소리에 마음을 빼앗겼지

기억난다, 그대의 말:
사랑 따월랑 접고
여기 개울물 좀 보세요
이 물은 넋없는 사랑을 비추는 거울이에요
오늘 당신 눈은 연인의 눈빛을 바라보지만
내일이면 당신 마음 다른 이를 향할 테지요
사랑 따월랑 포기하고 이 도시를 잠시 떠나 보세요

나 그대에게 말했다
이 사랑을 접으라니, 나 그 방법을 모르고
그대 곁을 떠나라니, 나 결단코 그럴 수 없소
결단코

그대를 처음 본 날
나의 마음은 한 마리 비둘기인 양
그대를 갈망하는 날갯짓 하며
그대 지붕에 내려앉았소
그대 날 향해 돌멩이를 던졌어도
나 겁먹지도
달아나지도 않았소

그대는 포수, 나는 초원의 사슴
그대의 덫에 빠지기 위해
나 사방을 헤매고 다녔소
사랑을 접으라니
나 그 방법도 모르고 그럴 능력도 없소

나뭇가지에서 눈물 한 방울 흘러내렸다
부엉이는 신음소리 내뱉으며 날아갔다
그대 두 눈에서 눈물 방울이 흔들렸다
달빛이 그댈 향한 나의 사랑에 웃음 지었다

기억난다, 그대는 더 이상 아무 말 없었다
나는 비통한 마음 가눌 수 없었으나
달아나지도 놀라지도 않았다

그날 밤도, 다른 밤들도
슬픔의 어둠 속에 흘러가 버렸다
그 후로 그대는 상심한 연인의 소식을 묻지도
그 골목을 다시 찾지도 않았다

하지만
나는 얼마나 그대 없이 그 골목길을 헤매었던가

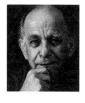

페레이둔 모쉬리(*Fereidun Moshiri*, 1926~2000)

우편전신전화국에서 근무를 하다가 신문사와 잡지사의 기자로 활동하기도 하였다. 1960년《로우샨 페크르》지誌에 실린 그의 대표작 「골목」은 이란에서 가장 아름다운 현대 서정시 중 하나로 평가받고 있다.

대표 시집으로『폭풍의 갈증』,『바다의 죄악』,『구름』,『구름과 골목』,『봄을 믿으라』,『태양을 타고 날다』,『침묵에 대하여』,『비의 한숨』,『슬픈 새의 노래』,『영원히 아름다운』,『아카시아의 탄생』,『흙 속에 묻힌 뿌리』,『달의 창가에서』등이 있다.

제2부

우리는 알지 못했다

나의 집은 구름 끼어

니머 유쉬즈

나의 집은 구름 끼어 흐리다
대지도 구름 끼어 흐리다

좁은 고갯길 꼭대기에서 조각조각 부서진
술 취한 바람이 휘몰아쳐
온 세상을 파멸시킨다
나의 감각까지도

피리 소리에 취해 길 잃은 피리꾼아
너 어디 있느냐?

나의 집은 구름 끼어 흐리고
구름은 비를 뿌리기 시작한다
나만의 화창한 날을 상상하며
태양을 향해 우뚝 서
탁 트인 바다를 바라본다
세상은 흐리고
바람으로 무너지고 부서지는 것 같은데
피리꾼은 그저 피리 불며

길을 간다
묵묵히 걸어간다

니머 유쉬즈(*Nima Yushij, 1895~1960*)

학교에서 페르시아 어문학을 강의하였다. 운율과 시형에 얽매이는 전통시 양식에서 과감히 벗어나 새로운 형식으로 시를 지었다. 니머는 스스로 이를 '신시新詩'라 칭하였고, 전통시 양식을 벗어난 현대시들을 일러 니머 형形 시라고 한다. 평론가들이 니머를 상징시의 토대를 세운 인물로 평가하고, 현대시의 아버지라고 부르는 이유도 이 때문이다. 대표 시집으로『창백한 자의 이야기』,『전설』,『외침 소리들』,『나의 시』,『밤의 도시 아침의 도시』,『또 다른 외침과 채색 거미』등이 있다.

차가운 밤거리에서

포루그 파로흐저드

나는 후회하지 않는다
나는 굴복을 생각한다
이 고통스러운 굴복을
처형장 언덕 저 높은 곳에서
나는 운명의 십자가에 입 맞춘다

차가운 밤거리에서
연인들은 연신
머뭇거리며 서로에게 이별을 고한다
차가운 밤거리에는
아무 소리도 들리지 않는다
작별 인사만이 있을 뿐

나는 후회하지 않는다
내 심장은 시간 저편에서 흐르는 듯하다
삶은 내 심장을 다시 뛰게 하겠지
바람의 호수 위를 지나는 민들레
그 꽃 역시 나를 다시 살게 하겠지

아, 그대 보이는가?
어떻게 나의 피부가 찢겨 나가는지
어떻게 차디찬 내 가슴 파란 혈관 속에서
젖이 맺히는지
어떻게 피가
내 인내의 허리에서 연골을 만들기 시작하는지

나는 그대이다, 그대이다
나는 사랑에 빠진 사람이다
내면에서 문득
정체를 알 수 없는 수천 개의 낯선 것들과
말없이 결합하는 사람, 그게 바로 나다
온 벌판을 풍요롭게 만들고자
물이란 물은 죄다 끌어모으는
땅의 강력한 욕망, 그게 바로 나다

귀 기울여 들어보라
새벽 기도의 짙은 안개 속에서
아득히 들려오는 나의 목소리를

그리고 고요한 거울에 비친 내 모습을 보라
두 손에 남겨진 것들로
모든 꿈의 어둠의 깊이를 어루만지는 모습을
존재의 순결한 행복을 위해
나의 심장에 핏자국처럼 문신을 새기는 모습을

나는 후회하지 않는다
아, 내 사랑이여
차가운 밤거리에서, 그대여
사랑에 빠진 눈빛의 또 다른 나와 마주치게 되면
나에 대한 이야기를 나누어 주길
그대 두 눈가 고운 주름살에
슬픈 입맞춤을 건네는 또 다른 나를 보게 되면
부디 나를 기억해 주길

포루그 파로흐저드(*Forugh Farrokhzad, 1935~1967*)

시인이자 배우 겸 영화 감독. 여성적 감성으로 사회와 인간의 근본적 문제들을 노래한 그의 시들은 이란의 현대시 중에서도 으뜸으로 평가받는다.

대표 시집으로 『포로』, 『벽』, 『배반』, 『또 다른 탄생』, 『추운 계절이 시작됐음을 믿으세요』, 『포루그 파로흐저드 시 전집』 등이 있다.

또다시

메이마나트 미르 서데기

또다시 해가 뜰 것이다
또다시 물은 흐르고
바람은 사랑에 빠진 새들의 속삭임을
도시로 전해 줄 것이다

또다시 미풍의 손길에
꽃봉오리들이 산들거리고
늙은 호두나무 가지 위에는 설익은 열매가
더위를 고대하며 앉게 될 것이다

또다시 더위가 찾아오면
상점 진열대 위 수북이 쌓인 과일들은
여름이 지나고 있음을
졸음에 취한 행인들에게
일러줄 것이다

또다시 밤
낮
일주일

한 달
봄
여름이 되고
또다시 바람과 비가
지나가고 나면
혹한이 몰려오겠지

또다시 해는 뜰 것이다
또다시 ……

 메이마나트 미르 서데기(*Meimanat Mir Sadeqi*, *1937~*)

테헤란대학교 대학원 졸업. 그녀의 작품들은 감미롭고 사랑스러운 느낌들이 가득한데, 간혹 사회 비판적인 부분이 등장하기도 하지만 자연을 소재로 한 시들이 많다.

대표 시집으로 『시냇물의 각성』, 『물과 거울로』, 『햇살 비치는 영혼들』, 『세상에서 가장 냉정한 눈 밑에서』 등이 있다.

기다림의 끝

시민 베흐바허니

나에게는 천 가지 소망이 있으니
그 천 가지 하나하나는 모두 그대여라
그대는 기쁨의 시작이자 기다림의 끝

내 인생에서 여러 해 봄이 지났다
그대 없이 지나갔다
그대가 봄이라면
내 인생은 가을 말고 과연 무엇이 될 수 있었던가

나의 마음속
오직 그대 위한 공간만이 존재할 뿐
그러니 그대, 이 마음 속에 머물라
영원히 존재하는 자, 바로 그대여라

눈 깜짝할 새 지나가는 별똥별은 변덕의 순간들
그대는 어두컴컴한 저녁을 비웃는 별

세상 사람 모두 나의 피에 목말라 해도
그 많은 적이 두려우랴?

그대가 나를 사랑하고 있으니

나의 마음은 열망으로 흘러넘치는 술병
나에게는 천 가지 소망이 있으니
그 천 가지 하나하나가 그대여라

 시민 베흐바허니 (*Simin Behbahani, 1927~2014*)
이란의 현대 시인, 번역가이자 사회 운동가. 이란
현대 시 문단과 지식층의 아이콘이었고 두 차례
나 노벨문학상 후보로 오르기도 하였으며 세계
유수의 문학상을 수상하였다. 이란작가협회장을
맡기도 하였다.
대표 시집으로『부서진 세터르(악기의 일종)』,『발자국』,『샹들리에』,
『대리석』,『종이로 만든 옷』,『집시와 편지와 사랑』,『자유의 작은 창』,
『물과 신기루의 세월에 대하여』,『속도와 불로 그려진 선 하나』,『아,
눈부신 나의 고향이여』등이 있다.

편지

마흐무드 모쉬레프 어저드 테흐러니

친구여,
나는 하늘이 몹시도 야속하다
야속하고 야속하다

자네 아는가?
이곳은
비 한 방울 내리지 않고
태양마저 빛을 잃은 지 오래

나무는 싹이 안 트고
대지는 텅 비어 공허하다
마른 덤불에선 가시마저 돋아나지 않고
밭은 쟁기질의 흔적이 없다
그래! 하늘이 몹시 야속하다

자네 기억하는가?
고요한 이 들에서
순결하게 교태 부리던 꽃들
우뚝 솟은 삼나무

포도 넝쿨을

술 취한 듯 스치던 바람
초조한 듯 흔들리던 버드나무
수풀 속에서 취한 듯
곤히 잠든 사슴

나는 기억한다, 고요한 이 평원엔
철새들의 노랫소리가 있었다
몹시도 어둡고 잔인했던 날
자넨 평원의 비명 소리가 하늘까지 닿았다고 했었다

내 기억으론
바로 그때였다, 가을이 찾아온 것이
벌거벗은 땅 위로 꽃잎이 얼마나 떨어졌던지
꽃잎들이 땅 위를 슬피 나뒹굴었다

더 이상은 삼나무
포도 넝쿨

청명하고 찬란한 하늘의
흔적이 남아 있지 않았다

이제 나는 그저 하늘이 야속하기만 하다
야속하고 또 야속하다
친구여

마흐무드 모쉬레프 어저드 테흐러니(*Mahmud
Moshref Azad Tehrani, 1934~2006*)

필명은 M.어저드(M. Azad). 테헤란대학교 페르
시아 어문학과 졸업. 고등학교 교사와 번역가로
활동하였다.

대표 시집으로『밤의 나라』,『바람과 벽의 장시長詩』,『텅 빈 거울들』,
『나와 함께 솟아라』등이 있다.

밤

모함마드 조하리

어느 밤 문득
그대 내게 말했다, 밤이 되라고
밤이었고
지금도 밤이고
여전히 밤일 나는
밤, 어두운 밤이 되었다
어두운 밤 그대가
나의 새벽 등불이 되어 줄 수 있도록

모함마드 조하리(*Mohammad Zohari*, 1926~1995)
테헤란대학교 페르시아 어문학과 대학원 졸업
(문학박사).
대표 시집으로 『섬』, 『불만』, 『밤』, 『주머니 속에서
쥔 주먹』, 『밤의 편지와 빗방울』, 『내일에게』, 『우
리 현자께서 말씀하시길』 등이 있다.

마법의 주문

너데르 너데르푸르

시詩!
아, 너는
내 인생, 운명을 마법의 실타래로 묶어 놓은 검은 주문
내 너를 버리고 살겠다 하였으나
그 바람 산산이 조각나 버렸으니
아쉬워한들 무슨 소용이겠나

어쩌면 나 태어난 것도 너 위해서였던 것일까
하늘마저 내가 네게서 멀어지는 걸 원치 않았다
내가 괴로워 울부짖어도 아랑곳하지 않았다
나의 아픔에 귀 기울이지 않았다

너를 버리겠다는 나의 맹세 여러 번 깨어졌어도
내 인생에 걸린 마법의 주문은 아직 풀리지 않았다
시!
아, 너는 오랜 마법의 주문, 불길한 주문
안타깝구나, 네 덫에 갇혀 버린 나의 두 발이여

이제 죽음을 향해 나아가는

불행한 내 인생 내리막길에서
너를 저버릴 수 있는 희망 따윈 남아 있지 않다
그 무엇이든 이젠 모두 끝에 다다랐다

두려움 가득한 이 길의 모퉁이
나의 괴로운 신음을 부디 너만은 알아 주길
더 이상 너는 마법의 주문이 아니다
너는 나의 그림자다
내 어찌 나의 그림자를 놓아 버릴 수 있겠는가!

너데르 너데르푸르(*Nader Naderpour, 1929~2000*)
프랑스와 이탈리아에서 수학하였다. 시인 겸 방
송인, 언론인, 작가와 번역가로 활동하였고, 문화
성에서 근무한 바 있다.
대표 시집으로『눈과 손』,『포도의 시詩』,『태양의
안연고眼軟膏』,『식물과 돌이 아니라 불』,『거짓 아침』,『피와 재』,『땅
과 시간』,『거창한 것부터 사소한 것까지』등이 있다.

두려움

하산 호나르만디

밤은
낮의 담벼락 뒤에 숨어 있는 늑대마냥
조용히 입을 벌리고 잠들어 있다
나의 죽음 앞에
환한 아침의 속삭임은
낡고 불길한 선율을 연주한다

때 이른 밤이여, 너의 성급함이 두렵다
때늦은 아침이여, 너의 늑장이 두렵다
나 그 늑장이 두렵고
성급함이 무섭다

욕망이여
어느 밤 나 너의 왕국으로 향하는 길을 찾았고
죄악이여, 나 너의 술잔으로 입술을 적셨다
그 입술에 천 가지 비명 소리 침묵에 묻혀 잠들었고
그 밤, 천 가지 이야기가 눈빛 속에 죽어 갔다

번민 가득한 밤의 검음이 두렵고

희망 없는 백주白晝가 두렵다
나 그 검음이 두렵고
흼이 두렵다

침묵 속에 죽어 있는 눈빛이 두렵고
눈빛에 잠들어 있는 침묵이 두렵다
침묵이 두렵고
눈빛이 두렵다
흰빛이 두렵고
검은빛이 두렵다

하산 호나르만디(*Hassan Honarmandi, 1928~2002*)
프랑스 소르본대학교에서 비교문학 박사학위를
받았다. 시인이자 번역가, 대학 교수 및 월간 문
예지《소한*Sokhan*》의 편집장 등 활발한 활동을
하였지만 프랑스에서 수면제 과다 복용으로 생을
마감하였다.
대표 시집으로『두려움』,『시선집』등이 있다.

나는 나무, 그대는 비

아흐마드 셤루

나는 봄, 그대는 대지
나는 대지, 그대는 나무
나는 나무, 그대는 봄
그대는 비의 손길로 나를 풍성히 가꾸어 주고
숲 한가운데서 나를 돋보이게 한다

밤처럼 위대한 그대
달빛이 있든 없든
밤처럼 위대한 그대

아니, 그대는 달빛, 달빛
달빛이 사라져도
밤은 외로이
아침의 문턱까지 먼 길을 가야만 한다
밤처럼 깊고 위대한 그대
밤처럼

그래, 낮이 되어도
그대는 맑고 순결하다

이슬 같고
아침 같다

벨벳 구름 같은 그대
풀 향기 같은 그대
얇은 모슬린 안개 같은 그대
풀 향기에 취해
머무름과 떠남 사이에서
죽음과 생명 사이에서
어리둥절 갈팡질팡
어쩔 줄 모르는 모슬린 안개, 그 안개 같다

하얀 눈 같은 그대
아니, 그대는 눈 녹고 산이 맨몸을 드러낸 뒤에도
당당히 우뚝 솟아 있는 봉우리 같아서
검은 구름과 사악한 바람을 그저 비웃을 뿐

나는 봄, 그대는 대지
나는 대지, 그대는 나무

나는 나무, 그대는 봄
그대는 비의 손길로 나를 풍성히 가꾸어 주고
숲 한가운데서 나를 돋보이게 한다

아흐마드 셤루(*Ahmad Shamlou, 1925~2000*)

번역가, 언론인 겸 시인.
대표 시집으로 『잊혀진 노래』, 『강철과 감정』, 『신
선한 공기』, 『거울 정원』, 『거울 속의 아이다』, 『아
이다』, 『나무』, 『검 그리고 기억』, 『빗속의 불사조』,
『안개 속에서 꽃 피다』, 『불 속의 아브라함』, 『접시 위에 놓인 단검』,
『망각과의 논쟁을 벌이며』, 『순간과 영원』 등이 있다.

우리는 알지 못했다

마누체흐르 어타쉬

조금만 더 앞으로 나아갔다면
우리 가는 이 길이 바다까지 닿았을 터인데
우리 자는 이 잠이 꿈으로 바뀌었을 터인데

잠시라도 앞을 향해 노를 저었더라면
어쩌면 바람이 우리 편 되어 주었을 터인데
우리가 해안으로 되돌아오지 않았다면
바닷물이 우리의 죽은 몸을 깊은 곳으로 삼켜 주었을
터인데

우리는
온갖 날 선 모서리들과 알갱이들 너머
들로 바다로 질주하는 거센 강물도 아니었고
옴 오른 늑대가 물 마시는 웅덩이도 아니고
자기 본능만을 좇아 저주받은 죽음의 결정적 순간에
아무런 동요 없이 굴복하는 옴 오른 늑대도 아니었다

우리는 알지 못했다
누가 우리를 불렀는지

왜 불렀는지
그리고 우리가 부른 게 누구였는지를
왜 우리가 길에 합류하고
왜 길에서 낙오되었는지를……

우리는 알지 못했다
우리가 누구였고 언제 존재했었는지를
우리 안에 이 개를 누가 언제 우리 핏줄에 묶어 놓았는
지를
우리는 알지 못했다
과거 우리는 누구였고 지금은 누구인지를
우리의 고통이 하늘의 돌덩이에서 비롯된 상처 때문인
지
아니면
우리 스스로가 '존재'의 형상 안에서 곪아 가는 상처인
지를……
우리는 알지 못했다

마누체흐르 어타쉬(*Manuchehr Atashi, 1931~2005*)

테헤란 고등사범학교 영어영문학 전공. 시인 겸 번역가. 이란 남부의 시골 마을 '다루드*dahrud*' 태생으로 고향의 자연을 노래한 작품이 많다.

대표 시집으로『다른 멜로디』,『대지의 노래』,『수평선에서 만나다』,『밀과 체리』,『이 사과는 참 쓰다』,『밤의 뿌리』,『아침의 사건』,『페르시아만과 카스피해』,『하얀 야생마』 등이 있다.

업業

아딥 니셔부리

우리 업業은 파르허드[1]처럼 산을 깎는 일
우리 가슴은 산이 되고 손톱은 곡괭이가 된다

쉬린의 교태가 어찌나 시선을 끄는지
우리 핏줄, 우리 몸 전체에서 파르허드가 샘솟는다

술 한 모금 마시겠다고
술 따르는 처자에게 아부하지는 말자
우리 흘린 눈물이 곧 술이요, 우리 두 눈이 술병이니

사랑은 힘센 앞발을 가진 사자다
그 사자가 외친다
목숨 아깝지 않은 자
누구든 수풀 속 우리 앞으로 지나가 보라고

---

1. 페르시아의 시인 네저미가 쓴 장편 서사시 「호스로와 쉬린*Khosrouva Shirin*」에 등장하는 인물로 사랑을 위해 자신의 모든 것을 바친 순정파 석공이다. 그는 호스로 왕의 연인인 아르메니아 공주 쉬린을 연모한다. 이를 괘씸히 여긴 호스로 왕은 파르허드에게 비소툰 산을 다 깎으면 쉬린과의 사랑을 이루게 해주겠다는 제안을 한다. 그 제안을 받아들인 파르허드는

온힘을 다해 비소툰 산을 깎지만 호스로의 계략으로 쉬린이 죽었다는 거짓 소식을 접하게 되고 슬픔에 빠진 나머지 결국 스스로 목숨을 끊는다.

아딥 니셔부리(*Adib Nishaburi, 1865~1926*)

이란 입헌 혁명기에 활동한 저명한 시인, 학자, 교육가 겸 사상가. 아디베 아발*Adibe Avval*로 더 알려져 있다.

머잔다런 [1]

야돌러 마프툰 아미니

따스한 구름이 흩어지는 그곳
촉촉하고 높다란 날개 하나 펼쳐진다
푸르른 산 저 높이, 하얀 성城 위로

저 아래, 밭 옆에는 노곤한 늙은 말들
달려드는 날파리 떼에도 갈기 한 번 털지 않고
고요히 풀 뜯는다
도로변에서 바구니를 파는 두 아이
행인에게 때론 뻔뻔하게 때론 상냥하게
서로 때론 짓궂게

바다는 아직 산 너머에 있다, 저만치 멀리
그리고 문득 떠오르는 어머니
—은백색 머리에
푸른 눈동자
지성소至聖所를 찾던 여인—
타향의 박물관에서도
나른함의 연못에서도
어머니 생각은 내 머릿속에 흐른다

연꽃 하나, 그리고 초록빛

재 한 줌, 그리고 초록빛

끊임없이 반복되는 신의 빛깔, 그리고 사랑

그리고……

비, 그리고 또다시 비

비가 내린다

바위, 나무 그리고 시詩를 씻어 내는 오랜 비

머지여르[2]의 영혼을 배웅하며 쉼 없이 흐르는 눈물

아!

머잔다런이여……

---

1. 이란 북부 카스피해 연안을 따라 동서로 길게 이루어진 지역.
2. 현재 머잔다런인 타바레스탄 지역에서 반란을 일으킨 인물.

야돌러 마프툰 아미니(*Yadollah Maftun Amini,
1926~*)

테헤란대학교 법대 졸업. 판사로 재직하며 시인으
로도 활동. 대표 시집으로『석류밭』,『호수』,『감춰
진 계절』,『천문대 정원에서 차 한 잔』등이 있다.

민들레

메흐디 아카번 설레스

민들레야, 무슨 소식을 가져 왔느냐?
어디에서 누구 소식을 가져 왔느냐?
부디 좋은 소식을 가져 왔기를 기원한다
하지만 하지만
너는 그저 하릴없이
나의 지붕, 문 앞을 맴돌고 있구나

내겐 기다리는 소식 하나 없다
벗에게서도, 고향에서도, 친구에게서도
그러니 들어줄 눈과 귀가 있는 곳으로 가리무나
너를 기다리는 곳으로 가거라
내 마음 속엔 모두 눈 멀고 귀 먼 이들뿐이다

이 모든 쓰라린 경험들을 전하는 사자使者는
내 마음에게
너는 거짓이라고
너는 한낱 속임수일 뿐이라고 말한다

민들레야, 어찌하여 너는……

바람과 동행한 적이 있느냐?
나 지금 너에게 묻고 있지 않느냐
어디를 가 보았느냐?
아직도 소식 전할 곳이 있더냐?
따스한 온기의 재가 남아 있는 곳이 있더냐?

아궁이 속에 나는 불꽃 피울 욕심 따위 부리지 않는다
아직도 작은 불씨가 남아 있더냐?

민들레야!
나의 마음 속에선
온 세상 구름이 밤낮으로
눈물 흘리고 있구나

메흐디 아카번 설레스(*Mehdi Akhavan Sales,*
1928~1980)

시인 겸 평론가. 고대 페르시아 신화적 요소들
이 가득한 사회 참여시를 많이 남겼다. 대표 시집
으로『겨울』,『왕서의 결말』,『감옥에서 가을을 맞
다』,『최고의 희망』,『지옥 그러나 춥다』,『천둥이 친 후』등이 있다.

사표

터헤레 사퍼르저데

시내를 산책한다
뚜렷한 목적지도 없이
생각에 잠겨
갔던 길로는 되돌아오지 않는다
오후 4시 이전과
오전 8시 이후는
이제 나만의 시간이다
이제 나는 시간이 있다
빈둥거리는 두 손을 위해 돌멩이를 주울 시간
벌써 여러 해째 지리책 2페이지에서 잠들어 있는 달을
다시 깨울 시간
우리 선생님은 딱하게도
사람들 사이와 땅을 갈라놓는 게
바다와 산이라고 믿었다

내 직장 동료들은 긴 복도를 빈둥거리다 서로 마주치
겠지
나는 그들과 닫힌 창문과 섭씨 20~25도의 공기를 공유
했었다

동료들은 빈둥거리다 서로를 마주하고 판단하겠지
그 사람은 이제 앞으로 어떻게 살아갈 거래요
연차도 없이
10시에 마시는 모닝커피도 없이
상사도 없이

나는 지금 계절을 느끼러 가고 있다
아직 사계절 그대로 있구나
풀들도 여전히 엽록소를 먹고 있구나
불어오는 바람에선 온통 창槍이 날아다닌다
어제 두통 때문에 아스피린 한두 알을 사리라 마음먹
었다
아직 시간이 있다
내일 오후 역시 나의 것이다
내겐 우아한 멈춤의 순간들이 넘쳐난다
순식간에 날아가는 총알 같은 행동에
나는 진저리가 난다

터헤레 사퍼르저데(*Tahereh Saffarzadeh*, *1936~2009*)

시인, 학자, 코란 번역가. 이란의 현대문학을 1979년 이란 이슬람 혁명을 기준으로 양분할 때 혁명 이전 시대를 대표하는 시인 중 하나다. 1992년에는 문화고등 교육성으로로부터 올해의 모범 교수로 선정되었고, 2001년에는 코란을 페르시아어와 영어로 번역하면서 그 공로를 인정받았다. 2005년에는 이집트의 아시아 아프리카 작가협회로부터 최우수 무슬림 여성상을 수상하였다.

대표 시집으로『달빛 나그네』,『붉은 우산』,『다섯 번째 여행』,『아침을 만나다』,『출발 그리고 어제』등이 있다.

시간이 많지 않다

알리 무사비 갸르머루디

시간이 많지 않다
어서 길을 나서야 한다
꽃과 나무에게
일일이 인사를 건네야 한다
세상 모든 샘물 가에
깨어 있는 정신으로 앉아
그 맑은 거울에 비친 모습을 보고
얼굴을 단장해야 한다
자리에서 일어나야 한다
바다의 파도 저 높은 곳을 향해
기도를 드려야 한다
겸손해야 한다
매일 밤 탁발승의 그릇에
달팽이 한 마리 지나가게 해야 한다
아궁이에 발린 진흙 같은 겸손함으로
굳은살 박인 수백만의 손에
입 맞추어야 한다

시간이 많지 않다

어서 길을 나서야 한다
실크로드에서
수천 마리의 거머리를
발밑에서 짓이겨 버려야 한다
거머리들을
논에서 잡아 내야 한다
때론 한두 걸음 내디뎌
울타리의 기둥들을 옮겨 보고
바닥에 떨어진 호두도 주워야 한다
씨도 뿌려야 한다
아스파라거스 재배도 다시 시작하고
뱀도 잡아야 한다
철새들에게서 나는 법을 익혀야 한다
너데르[1]의 투구에서
장식용 두루미 깃털을 떼어 내어
『빵과 펜』[2]의 내용을 필사하여야 한다
수많은 두개골을 베어 날리며
그 속에 증오의 가래침을 뱉어야 한다
증오의 침을 뱉어야 한다

꽉 막힌 새벽의 목구멍을 수술하여
커다란 외침으로
새벽을 아프리카로 보내 버려야 한다
새벽을 멀리 쫓아 보내야 한다
시간이 많지 않다
어서 길을 나서야 한다

---

1. 너데르 샤*Nader Shah*, 18세기 페르시아의 정복자.
2. 이란의 작가이자 정치·사회 평론가 잘럴 얼레 아흐마드(1923~1969)가 쓴 장편 역사 소설.

알리 무사비 갸르머루디(*Ali Musavi Garmarudi*, 1942~)

시인, 언론인, 출판인. 테헤란대학교 페르시아 어문학과 대학원 졸업(문학박사). 월간 문예 학술지 《꽃마차*Golcharkh*》를 발행하는 등 이란 현대 문학계에서 활발한 활동을 펼치고 있다.

대표 시집『그림자』,『소나기의 노래』,『튤립 가득한 들판』,『피의 선線』,『진홍빛 죽음의 계절』등이 있다.

어머니, 내 어머니

샤흐리여르

어머니는 천천히 계단 옆을 지나갔다
온통 환자 먹일 수프와 허브 생각뿐이었다
어머니 주위엔 검은 후광이 드리워져 있었다
어머니는 죽었으나 여전히 우리를 보살핀다
우리 생활 곳곳 어머니의 흔적이 꿈틀댄다
집 안 구석구석 어머니의 이야기가 묻어 있다
당신 추도식에서조차 일을 하느라 여념이 없었다
아, 불쌍한 내 어머니

날마다 이 계단 밑으로 지나다녔다
나의 단잠을 깨우지 않으려 그렇게 천천히
오늘도 지나갔다
문이 열렸다 닫혔다
굽은 등으로 이 골목을 지난다
머리에는 기도용 차도르[1]를 쓰고
쭈글쭈글한 신발과 기운 양말을 신은
어머니는 온통 자식들 생각뿐이다
오늘은 당근도 사 올 것이다
불쌍한 노인네, 골목엔 온통 눈이 쌓여 있는데

어머니는 고향의 허드레꾼 몸종 다 포기하고
하필 나와 내 운명을 찾아왔다
나 말고도 자식 네 명을 더 키워 냈다
석유통을 겨드랑이에 끼우고
매일 밤 가난한 집 대문을 나와
다 죽어 가는 사랑에 불을 밝혀 왔다

어머니에겐 존경받아 마땅한 과거가 있다
우리 고향 타브리즈2, 그 옛날 풍경 속
비셰 정원이라는 동네에 신앙심 깊은 사내의 집이 있다
마당과 집안 곳곳에서 재판이 선다
이곳에선 억울한 이들의 아픔에 귀 기울이고
이곳에선 변호인이 의뢰인의 소송 비용을 보증 선다
벌어들이는 돈 전부를 민중의 행복을 위해 쓴다
대문은 항상 열려 있고 식탁은 먹을 것들로 가득하다
그 식탁에서 허기를 달랜 이가 얼마던가
이 모든 과정을 통솔하는 여인이 있으니
그게 내 어머니다

아버지는 정의롭고 넓은 도량의 소유자였다
깨끗한 방법으로 모아 놓은 그 많던 재산도
아버지가 세상을 뜬 날 보니
남은 양식이 채 일 년 치도 안 되었다
그러나 아버지의 저세상 양식을 잔뜩 챙겨온 문상객들
의 행렬
끊임없이 이어지는 축복의 기도 행렬
그런 아버지를 떠올리게 만드는 이 역시 어머니였다
나의 어머니였고 불쌍한 모든 이들의 어머니였다
군중을 밝혀 주는 등불이었나
아아, 그런 등불이 꺼져 버렸다

아니, 어머니는 세상을 뜬 게 아니다
내 귓가엔 아직도 어머니 목소리가 생생하다
언제나처럼 자식들에게 잔소리를 늘어놓는다
너히드, 그 입 좀 다물어라
비잔, 옆으로 좀 비키라니까
주걱으로 말없이
아픈 환자 먹일 수프를 끓인다

어머니는 세상을 떴고 아버지 곁에 묻혔다
친척들이 조문하러 왔다
추도식도 무사히 치렀다
많은 이들이 애도를 표했다
와 주셔서 감사합니다
그러나 내 마음은 끊임없이 외치고만 있다
이런 말들은 내 어머니를 향한 게 아니라고

대체 누구였을까?
어젯밤 내가 걷어찬 이불을 다시 덮어 주고
내 옆에서 물잔을 치워 준 이가
한밤중
악몽 한 토막과 함께 나는 열병이 났다
아침이 가까워졌을 무렵
어머니는 여기 내 머리맡에 앉아
조심조심 하나님께 빌고 있었다
아니, 어머니는 죽지 않았다

어머니는 죽지 않았다
내가 이렇게 살아 있지 않은가
어머니는 나의 슬픔과 시, 생각 속에 살아 있다
나의 시재詩才는 어머니 것이다
태양과 달의 중심이 빛을 잃겠는가?
그 여장부가 죽는다고?
"마음이 사랑으로 깨어 있는 자는 결코 죽지 않으리"[3]

어머니가 불러 주던 민요들
아름답고 맛깔나던 옛날 이야기늘은
내 요람의 끈을 묶어 주던 그때부터
나의 마음을 어르고 달래 주었다
내 마음과 영혼에 웃음으로 시와 노래를 심어 주고
눈물로 물을 주어 자라게 해준 분이었다
그 영혼이 부르르 떨며 내게 반짝거렸다
그 영혼의 움직임에서 따스한 기운을 받고
사랑 가득한 세상을 꾸며 보았다

어머니는 다섯 해나 병구완을 하였다

피눈물로 아들 목숨을 살려 냈다
그 아들은 당신을 위해 무엇을 해주었나?
아무것도, 아무것도
그저 요양원, 타인들의 손에 맡겨 놓은 것뿐
그리고 어느 날 들려온 소식 하나: 운명하셨습니다

곰⁴으로 내려가는 길
지나는 길목마다 험한 표정이었다
구불거리는 산은 내게 욕을 퍼부으며 멀어졌고
비뚤비뚤 검정 선들 가득한 벌판은
운명의 기록지記錄紙요, 소름 끼치는 기별들
호수도 저만치서 나를 위해 눈물지었다
성묘聖墓⁵ 둘레를 돌고 기도 한 번 올리고
야신 장葬⁶에 눈물 한 방울 떨구었다
그렇게 어머니는 땅속에 묻혔다

그날 밤 난 꿈을 꾸었다
꿈속에서 아버지가 어머니를 부르셨다
어머니가 대답하셨다

달무리가 졌다

머지않아 어머니가 생을 마감하시려나 보다

아버지는 정자에 앉아 계셨다

아버지 영혼은 높은 곳에 가 계신가 보다

그곳의 삶은 고통도 아픔도 억압도 없겠지

어머니를 무덤까지 배웅하는 아들

한 방울의 눈물은 평생 고생한 어머니께 바치는 보상

이려나

이제서야 나와의 인연으로부터 편해지시겠지

이미니, 편히 잠드세요

새 집으로 가신 거 축하 드려요

앞으로 다가올 나날들은 어머니 잃은 나의 이야기다

불현듯 죽음의 침묵을 깨뜨리며 울부짖는 소리

나는 무덤들 사이를 헤집고 달렸다

어머니였다

묘 구덩이 밖으로 괴로운 듯 고개를 내밀고

힘겹게 내 뒤를 따라왔다

겁에 질려 미친 듯 정류장으로 달려간 나는

인파 속에서 몸을 잔뜩 웅크렸다
차창 너머 마지막으로 본 그 모습이 두려웠다

흰 수의에 여전히 변함없는 노력과 애씀
반쯤 뜬 두 눈
'내 곁에서 멀어지지 말아 다오'

머리가 지끈거리고 어지러웠다
내 심장에서 수은이 녹는 것 같았다
시간도 공간도 모두 뒤엉켜 버렸고
다들 아무 말 없이 두려운 눈물을 흘렸다
하늘은 내 뇌를 쿵쿵 내리찍고
죄 많은 내 눈앞 세상은 온통 흑빛이었다
차체의 벌어진 틈 사이에서 스며드는 바람의 울부짖음
괴로움 섞인 힘없는 목소리가 뒤따라와
천천히 내 머리 속으로 들어와 박혔다
아들아, 혼자가 되었구나

집으로 돌아온 내 꼴이 어떠했을지 차마 말할 수 없다

나는 보았다

어머니가 언제나처럼 마당 수도 앞에서

때 묻은 내 셔츠를 빠는 모습을

어머니는 슬픔 가득한 웃음을 지으셨다

나를 땅속에 묻고 왔니?

불쌍한 내 아들, 너를 혼자 두지 않으마

나는 그만 웃을 뻔했다

그러나 어디까지나 환상일 뿐이었다

아아, 어머니, 내 어머니

---

1. 이슬람교도 여성이 머리와 몸을 가리기 위해 쓰는 망토.
2. 이란 북서부에 위치한 대도시.
3. 이란의 유명한 중세의 시인 허페즈의 시 중 일부.
4. 곰*Qom*.테헤란 남부에 위치한 종교 도시.
5. 곰에 위치한 마수메의 무덤, 마수메는 시아 이슬람의 8대 이맘인 레저 *Imam Reza*의 누이였다.
6. 코란의 36번째 장으로, 총 83절로 이루어져 있다.

샤흐리여르*(Shahriar, 1906~1988)*

페르시아어와 아제리어(Azeri, 이란 내에서 사용하는 터키어)로 수많은 작품을 남겼고, 이란에서는 샤흐리여르 사망일을 '페르시아 시문학의 날'로 정해 기념하고 있다.

대표 시집으로『파르버네의 영혼』,『신神의 목소리』,『왜 지금』,『헤이다르버버에게 안녕을』,『폭포의 노래』,『헤이다르버버』,『스탈린그라드의 영웅들』등이 있다.

모 심는 아이

시어바쉬 캬스러이

하늘은 강물의 파랑 속으로 빠졌고
해 질 녘 슬픔
물가에 한 소녀가
흰 바위 위
시커먼 한 조각구름 아래서
발을 씻는다, 진흙투성이 발을.

발을 씻으며 생각에 잠긴다
일이 남았는데……
논에서 일해야 하는데……

어두컴컴한 강물 한가운데
외로운 저녁 별 하나 달려간다
흰 바위 위에 앉아 있는
어두운 그 모습에서
물결 위로 머리카락 흩날리다
느닷없이 논으로 사라져 버린다

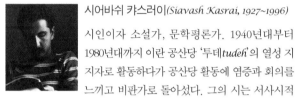

시어바쉬 캬스러이(*Siavash Kasrai*, 1927~1996)
시인이자 소설가, 문학평론가. 1940년대부터 1980년대까지 이란 공산당 '투데*tudeh*'의 열성 지지자로 활동하다가 공산당 활동에 염증과 회의를 느끼고 비판가로 돌아섰다. 그의 시는 서사시적 바탕에 간결하고 쉬운 어휘로 사회적 문제를 다룬 작품들이 많다. 대표 시집으로『궁수 어라쉬』,『돌과 이슬』,『시어바쉬의 피』,『침묵의 다머반드 산과 함께』,『불꽃의 붉은색으로 연기의 맛으로』,『침묵할 때가 아니다』,『불과의 만남』,『새벽 별들』,『화창한 날씨』등이 있다.

바다에 관하여

아돌러 로여이

침묵은
내 목구멍에 걸린 꽃다발

해변의 노래는
내 입맞춤의 미풍이자
그대의 열린 눈꺼풀

바람의 새는 물 위에
수백 가지 소리로 지어진 둥지 속에서 불안했다
물 위에 떠 있는 새는
초조했다

물에 젖은 천둥소리
그리고 빛
번개의 젖은 빛은 물 위에
거울을 만들어 놓았다
바다 불꽃으로 만들어진 환한 테두리를 두른 거울

미풍의 입맞춤

그대의 눈꺼풀

그리고 바람의 새는

불과 연기가 되었다

내 목구멍 안에서

침묵은 꽃다발이다

야돌러 로여이(*Yadollah Roya'i, 1932~)*

시인 겸 번역가. 현재 프랑스 파리에서 살고 있다.
대표 시집으로 『공허한 길 위에서』, 『바다에 관하
여』, 『외로움』, 『일흔 개의 묘비』, 『나의 과거:서명』
등이 있다.

제3부

나를 외면하고 가라

마음

아볼거셈 러후티

한순간도 이 마음은 너의 기억을 멀리한 적 없다
훌륭하다, 장하다, 갸륵하다 마음이여

이 마음 때문에 나는 한시도 편치 못하다
이 마음을 어찌하면 좋을까

수천 번이나 사랑에 빠지지 말라 막았건만
마음은 잘못된 길을 간 것일까?

마음이 나로 하여금 그대 두 눈에 빠지게 하였으니
이 마음은 고난이고 역경이자 재앙이다

신이여 저를 부디 이 마음에서 구해 주소서
나 누구에게 하소연해야 할까

가슴 속엔 한숨조차 남아 있지 않다
마음은 측은하고 안쓰러운 걸인

그대 머리카락 한 올이

마음의 목을 휘감아 버렸다
옴짝달싹 못한 채 초라하고 딱하구나 마음이여

내 마음, 그대 사는 곳의 흙이 되어 꼼짝하지 않으니
참으로 올곧구나, 진정 충직하구나, 마음이여

내게 더 이상 이성과 마음에 대해 묻지 말라
사랑 앞에서 이성이, 마음이 무슨 소용인가

러후티, 자네는 마음 탓을, 마음은 자네 탓을 하고 있다
부끄럽지 않은가, 자네도 마음도 조용히 침묵하여라

아볼거셈 러후티(*Abolqassem Lahuti, 1887~1957*)
정치인, 번역가, 언론인. 노동자 문제를 주로 다
룬 그의 시들은 페르시아 시문학의 변화에 매우
중요한 역할을 차지하였다.
대표 시집으로『송시』,『사행시』,『러후티 전집』,『인
간과 악마의 전쟁』,『붉은 햇살』,『젊음의 외침』,『굳은 맹세』등이 있다.

비

골친 길러니

또다시 비가 내린다
아름다운 멜로디로
수많은 보석을 뿌리며
지붕 위에 내려앉는다

나는 유리창 너머에 홀로
서 있다
길에는
이미 강줄기들이 생겨났다

수다스러운 참새 두어 마리
흥에 겨워
이리저리 날아다닌다

유리창을 때리는 비
창문과 문의 뺨을
때리고 주먹을 날린다
오늘 하늘은
더 이상 푸른 빛이 아니다

비 오는 날이면 생각난다
옛날
길런[1]의 숲과 산으로
놀러 다니던 달콤하고 소중한 그 하루가

나는 열 살이었다
늘 신나고 즐거웠다
호리호리하고 날랬다

새
파충류
초식 동물들로
숲은 따뜻하고 생기 넘쳤다

바다처럼 파란 하늘
이리저리 흩어진 구름 한두 조각
그리고 나의 마음처럼
밝고 환했던 한낮

싱그러운 숲의 향기는
술처럼 취기를 불러오고
아름다운 새
나무 위에서 날갯짓했다

고요한 연못의 푸른 물빛
꽃 이파리들이 사방에서 뽐내고
빛나는 연꽃잎 우산
내리쬐던 햇빛

물 밖으로 삐죽 나온 돌들엔
이끼가 끼어 있고
그 위에 앉아 있던 개구리 떼는
한시도 쉬지 않고 떠들어 댔다

강물은
아름다운 음률로
나무들의 발밑을
빙빙 맴돌았다, 취객처럼

햇살 내리쬐는 유리창 같던 샘물
솟아나는 샘물의 움직임 속 산뜻한 부드러움
그 속에 담긴
빨갛고 노랗고 파랗고 푸른 조약돌들

꼬마였던 나는
두 발로 사슴처럼 달리곤 했다
폴짝 개울을 뛰어넘고
집에서 멀리까지 쏘다녔다

돌멩이 던져
물수제비 뜨고
우물에서 물 길어올리려
나뭇가지를 깎았다

버드나무 가지를
쭉 잡아당기고
빨갛고 까만 산딸기를 따 먹다가

나의 두 손은 무지개가 되곤 하였다

새들에게
비밀 이야기를 듣고
불어오는 바람의 입술에게
삶의 비밀들을 들었다

숲속에선 눈에 보이는 모든 게
곱고 매혹적이었다
즐거운 마음에 나는
노래를 부르곤 했다

한낮, 즐거운 한낮아
찬란한 태양이
이리도 고운 얼굴을 네게 줬구나
안 그랬으면 넌 정말 추하고 볼품없었을 거야

이 나무들이
이렇게 푸르고 아름다워도

빛나는 태양이 없었다면
뭐가 되었을까? 그냥 기둥이었겠지

한낮, 즐거운 한낮아
이 즐거움이 태양에서 비롯된 거라면
푸르고 아름다운 나무야
그 아름다움이 태양에서 비롯된 거라면……

조금씩 조금씩 구름들이 몰려와
하늘빛이 어두워지면
빛나던 태양의 얼굴이 닫히고
빗방울이, 빗줄기가 떨어졌다

도망치듯 불어 대는 바람에
숲은 바다처럼 소용돌이쳤고
동글동글 빗방울들은
사방으로 흩어졌다

번개는 날카로운 칼날처럼

구름을 베어 내고
천둥은 미친 듯 울부짖으며
구름에게 주먹을 날렸다

연못 위 물새는
못 한가운데서나, 못 가장자리에서나
허둥지둥
수없이 뱅글뱅글 맴돌았다

안개의 은빛 머리카락을
비의 손길이 쓸어 넘기면
바람은 후~ 입김으로
머리카락을 다시 흩트려 놓았다

나무 밑동의 풀
점점 바다로 변하고
포효하는 이 바다에선
거꾸로 뒤집힌 숲이 보였다

몹시 고왔던 숲
참으로 아름다웠던 숲
수많은 노래와 수많은 전설
수많은 전설과 수많은 노래

몹시 부드러웠던 비
참으로 아름다웠던 비
보석 알맹이들이 흩뿌려지는 그 속에서 나는
영원한 비밀, 하늘이 주는 충고를 들었다

내 말에 귀 기울여 보아라, 아이야
내일의 사내대장부 눈에
삶이란
늘 아름다운 거란다
그게 어둡든 밝든
삶은 늘 아름다운 거란다

---

1. 이란의 북서부. 카스피 해와 인접한 지역.

골친 길러니 *(Golchin Gilani, 1910~1972)*

이란에서 대학을 졸업하고 영국으로 유학 간 그는 의학박사 학위를 받았고 영국에서 생을 마쳤다. 대표 시집으로는 『사랑과 증오』, 『감춰진 것』, 『그대를 위한 꽃 한 송이』, 『비』등이 있다.

또 다른 사내

노스라트 라흐머니

또 다른 사내여, 그대는 오지만 나는 떠난다
어두컴컴한 아침의 귓불마냥
그대는 오지만 나는 떠난다
아름답다, 아름답다
으슥한 길 흙먼지 위로 내리는 보슬비

재앙을 불러일으키는 들판은
한껏 달아오른 이방인 같았다
그 들판에 있던 고름 섞인 물집 같은 언덕들
불타 버린 우리는 장막을 걷고 떠났는데
그대는 이제서야 꽃구경 오는구나

많은 할라즈[1]들이 교수대에서 춤추며 사라졌다
불타는 이 들판에선 사탄이 신神 행세를 하였다
역사의 찬란한 상아 궁전은
불행한 자들의 뼛조각 위에 우뚝 서 있다

피로 얼룩진 나의 관棺은 그대의 요람이 된다
운명의 노인네는 더러운 손으로 그대 요람을 흔든다

조심하라, 세상은 한낱 속임수, 계략, 게임일 뿐이다
그대 들어본 적 있겠지
누군가 운명을 탓하는 소리를

그대는 오지만 나는 떠난다
안녕, 안녕히
우리 빈손으로 왔으니 빈손으로 간다
덧없다는 것은 쓰디쓴 고통, 그러나······
그러나······,
우리 역시 덧없이 죽어 갔으니
이 얼마나 고통스러운 일인가

---

1. 페르시아 출신의 유명한 이슬람 신비주의 사상가, 시인, 저술가이자 수
피즘의 위대한 스승이었던 만수르 할라즈(858~922). "내가 곧 진리이
다", "내가 걸친 이 외투 속엔 알라만이 존재한다" 등의 신비주의 언행으
로 인해 수많은 핍박과 이단이라는 비난까지 받았고 결국 당시 압바시아
조 칼리프였던 알 무크타드르의 명에 따라 교수형을 당하였다.

노스라트 라흐머니(*Nosrat Rahmani, 1920~2000*)

작가 겸 시인.

대표 시집으로는 『이주移住』, 『사막』, 『바람의 불』, 『추수』, 『술잔이 한 번 더 돌다』, 『바람의 전쟁 속에서』, 『사랑의 체면』 등이 있다.

정오

파르비즈 너텔 헌라리

보아라! 이 산은 병든 악마다
남모를 괴로움에 몸이 고통으로 타들어 가
치유의 햇빛을 향해 등 돌리고 누워
강물에 발을 뻗었다

계곡을 초록으로 물들인 풀은 아침 무렵부터
바람의 치맛자락을 움켜쥐고
술 취한 아이들마냥
이리저리 흔들었다

그러다 이제는 대경실색
언덕을 향해 근심 어린 눈빛으로 서 있다
행여 악마가 자리에서 일어나
저희들의 장난에 성을 낼까 겁을 먹었다

먼 길을 돌아 조심스레
계곡 저편에서부터 고요히 흐르는 개울물
고약한 악마와 술에 취한 젊은이들
왜 스스로의 이름에 먹칠을 하려 하나

가끔 한 번씩 바람이
연인이라도 보러 가는 양 황급히 달려온다
친구들에겐 노는 즐거움이 없다
쉿! 살살 하여라! 악마가 지금 아프다

파르비즈 너텔 헌라리(*Parviz Natel Khanlari,* *1914~1990*)

테헤란대학교 페르시아 어문학과 대학원 졸업 (문학박사). 시인, 작가, 번역가, 언론인 겸 언어학자. 테헤란대학교 교수로 재직하였고 국무성 차관과 문화성 장관을 지냈다. 이란문화재단을 설립하였고 1943년 문예지《소한*Sokhan*》을 발간, 1978년까지 편집장을 맡았다. 대표 시집으로 『늪에 뜬 달』이 있다.

수수께끼

게이사르 아민푸르

우리는 죄인, 그렇다, 우리 죄목은 사랑에 빠졌다는 것
그렇다, 하지만 사랑하지 않는 자는 누구일까?

사랑 없는 삶은 그 자체로 죽음이다
매 순간 죽는다는 것, 참 어렵지 않을까?

사랑 없는 삶은 웃음 잃은 입술이다
웃음 잃은 입술은 웃는 대신 울어야 한다

사랑 없는 삶은 끝없는 추락이다
사랑하지 않는 자에겐 사방이 지옥이다

사랑은 물고기에겐 물, 인간에겐 공기
평생 물과 공기 없이 사는 게 가능할까?

답 없는 이 수수께끼의 답을 찾으려
메아리만이 쉼 없이 사방에 울려 퍼진다
답이 뭘까? 답이 뭘까?

게이사르 아민푸르(*Qeisar Aminpour, 1959~2007*)

테헤란대학교 페르시아 어문학과 대학원 졸업 (문학박사). 시인 겸 학자, 테헤란대학교 교수 역임. 대표 시집『햇빛 가득 골목에서』,『아침의 숨결』,『10일 정오』,『샘물처럼 강물처럼』,『제비의 말대로』,『모든 꽃은 해바라기다』,『사랑의 문법』등이 있다.

나 어렸을 적엔

에스머일 호이

나 어렸을 적엔
너는 연 위에 올라타
이른 아침 눈뜨는 눈꺼풀의 지붕에서
태양의 오렌지 농장까지 갈 수 있었어
아,
참으로 가까운 거리였지

나 어렸을 적엔
여자가 담배 냄새 풍기는 게
흉도 아니었어
커다란 눈물방울들
돋보기 너머
코란 읽는 소리와 한데 어우러졌었지

나 어렸을 적엔
물, 땅, 공기가 더 많았어
귀뚜라미는
밤마다
달빛의 음악에 맞춰 깊은 어두움 속에서

노래 부르곤 했지

나 어렸을 적엔
돌멩이에서부터
병든 늙은 개의 울음소리까지
선線의 즐거움이 있었어
아,
순진한 폭군의 두 손

나 어렸을 적에
너는 가위의 한쪽 날에
날개가 잘려 바람에 날아가 버린
힘없는 산비둘기도 볼 수 있었어

그래, 맞아
안 될 것도 없었지
너는 볼 수 있었어
위선 없는 잔혹함에
당당히 홀로 웃음 짓는 너 자신을

나 어렸을 적엔
잠들 때나 졸린 듯 깨어 있을 때나
천일야화 속
이야기 하나만으로도
온갖 신나는 일들이 넘쳐났지

나 어렸을 적엔
하나님한테 힘이 더 많았어

나 어렸을 적엔
미소 짓는 창가마다
온순하고 유쾌한 찌르레기들이 둥지를 틀었지
아,
그때는 생각에 잠긴 고양이들이
그렇게 많지 않았어
나 어렸을 적엔
사람들이 존재하지 않았어

나 어렸을 적엔

슬픔이 존재하긴 했어

하지만

그렇게 많지는 않았어

 에스머일 호이(*Esma'il Khoi, 1938~*)

런던대학교 철학과 졸업. 테헤란고등사범학교
철학과 교수 역임. 1980년대 이란에서 추방되어
현재 영국에서 지내고 있다.

대표 시집으로『회오리 바람의 지붕 위에서』,『사
랑의 말소리』,『왜냐하면 땅은 땅이기 때문이다』,『내게 파란 하늘』
등이 있다.

고아의 눈물

파르빈 에테서미

큰길에 임금 행차가 있던 어느 날
온 고을 집집마다 터져 나오는 환호성

인파 속에서 고아 하나가 물었다
저기 임금님 머리에 반짝이는 게 뭐예요?

누군가 대답했다: 저게 뭔지 우린들 어찌 알겠니
다만 값비싼 물건인 건 분명하구나

꼬부랑 노파가 가까이 가 보더니 말했다
이건 나의 눈물이자 자네들이 흘린 핏방울이야

우리에게 목동의 옷과 막대기를 쥐어 주고 잘도 속여
온 게지
이 늑대는 이미 여러 해 양 떼를 낱낱이 파악하고 있거든

청백리가 고을과 땅을 사면 도적이 되고
임금이 백성의 재물을 삼키면 걸인이 되는 법

보석의 찬란함이 어디서부터 나오는지 알고 싶거든
고아들이 흘리는 눈물방울을 잘 보아

이 보오, 파르빈, 비뚤어진 자들에게 바른말 한들 무슨
소용이며
바른말을 듣고도 괴로워하지 않을 이, 과연 어디 있겠소

파르빈 에테서미 *(Parvin Etesami, 1906~1942)*

이란의 2대 여성시인 중 한 명이다. 인간과 사회 문
제를 비판적인 시각에서 대화체 형식으로 풀어 낸
교훈시를 많이 남겼다.
대표 시집으로『파르빈 에테서미 전집』등이 있다.

서문

하미드 모사데그

나를 향해 웃음 짓는
그대는 미처 알지 못했다
이웃 과수원에서 얼마나 마음 졸이며
이 사과를 훔쳐 왔는지

쏜살같이 내 뒤를 쫓아온 과수원지기
이미 그대 손에 쥐어진 사과를 보고
성난 눈빛 내게 보낸다

한 입 베어 물린 사과가
그대 손에서 바닥으로 미끄러졌다
그리고 그대는 떠났다
여러 해가 지났다
내 귓가엔 여전히
사각사각 그대 걸음 옮기던 소리가
메아리쳐
나를 괴롭힌다

나는 생각에 잠겨

아쉬움에 허우적거린다
왜 그때
우리 작은 집에는
사과가 없었던 걸까

하미드 모사데그(*Hamid Mosadegh, 1940~1998*)

시인, 작가 겸 변호사로 활동하였고, 대학에서도
강의하였다.

대표 시집으로『커베의 깃발』,『파랑 회색 검정』,
『바람이 지나는 곳』,『인내의 세월』,『붉은 사자』
등이 있다.

내 나라 떠올리며

어레프 가즈비니

나의 둥지 생각이 날 때마다 어김없이
나는 사냥꾼 일가에 저주를 퍼붓는다

사로잡힌 내 신세
슬픔에 싸여, 살기를 단념하거나
내 영혼을 위해 새장 밖 세상의 자유를 상상해 본다

나 울부짖는 소리에 사냥꾼은 즐거워한다
그 모습을 보니 내 마음 뿌듯하기도 하다
한 사람의 마음은 즐겁게 해줄 셈이니까

생각의 곡괭이로, 산을 깎듯, 나는 영혼을 깎는다
스스로를 불행하게 만든다

마음의 불꽃은 이미 식었고 눈물조차 말라 버렸다
아, 한숨아. 결국 너에게 구원의 손길을 뻗는다

술집 노인네는 낡은 옷 팔아서 술 사 먹었지만
나는 그 옷으로 민중을 인도하겠다

나 때론 중도파, 때론 민주당파
그 누구의 편이라도 될 수 있지만
결국 나는 내가 원하는 대로 할 것이다

님의 머리카락 만질 수 있다면 더 이상 슬픔 따윈 없겠지
나 할 일 없이 빈둥거리면 타락하고 말겠지

정작 내 집 소식은 모른 채, 집집마다 귀찮게
찾아다니며, 나라 발전 위해 봉사한다

금욕의 옷을 걸친 채 대낮에 도적질하는 내가
야밤에 도적질하는 자들을 비난할 수 있을까

밤마다 술이 넘쳐나지만 아침이면
미처 못 깬 술기운에 나 괴로운 비명을 질러 댄다

교수에게 시달렸던 것만 생각하면
그동안 배운 것들이 싹 다 잊혀진다

혹시 내 목소리가 정부政府의 귀에 닿으려나
어레프여, 내가 이리 괴로워하는 건 그 때문이다

어레프 가즈비니(*Aref Qazvini, 1882~1934*)

20세기 초 이란 입헌 혁명기에 활동한 시인이자
음악가, 서예가였던 그는 입헌 혁명을 지지하는
곡들을 작곡하기도 하였다.
대표 시집으로『아볼거셈 어레프 가즈비니 시 전
집』이 있다.

나의 작은 나무

바흐만 설레히

나의 작은 나무야, 너는 봄을 사랑하여라
샘물의 친구가 되고 개울물의 고통도 나누어라
네 그림자는 길지 않으나
산 높이 걸린 태양의 당당함을 가져라
푸르고 생생한 이파리들은 너만의 낱말
그 낱말들로 세월 높이만큼 우뚝 선 시詩가 되어라
하이얌¹이 꿈꾼 날들을 떠올리며
술잔 기울이는 자들의 붉은 밤 안식처가 되어라
뜨거운 열기의 목마름이 이 둔덕에 비수를 꽂았다
너는 낙타 위 절망한 이들에게
오아시스의 징표가 되어 주어라
삭막한 숲 다시 푸르러질 터이니
떠나간 벗들을 애도하며 참고 인내하여라
슬픔의 흙먼지 남는다 한들 무엇이 괴롭고 아프겠느냐
넌 늘 빗방울의 입맞춤을 기다리면 된다
사랑의 새가 너를 향해 날갯짓하는 날
너른 지평선을 향해
기다림의 시선으로 서 있으라

바흐만 설레히(*Bahman Salehi, 1937~*)

이슬람 문화 인도성 공무원 출신의 시인.
대표 시집으로 『더 검은 빛의 수평선』, 『차가운 북풍』, 『붉은 대추야자수』, 『물의 여인』, 『외로움의 선線』, 『길런에서 온 남자』, 『사랑의 아름다운 상처』, 『종이 정원』, 『금요일의 속삭임』 등이 있다.

나 역시 죽는다

살먼 하러티

나 역시 죽는다
그러나 나무에서 떨어져 죽은
골럼알리처럼은 아니다
배고픈 소들은 음매 울다가
성난 듯 마른 나뭇가지만 씹어 댔다
이제 누가 소들에게 여물을 주나?

나 역시 죽는다
그러나 애 낳다가 죽은
골버누처럼은 아니다
그 뒤로 소그러는 어린 남동생의 어머니가 되면서
학교를 그만둘 수밖에 없었다
그럼 이제 누가 양탄자를 짜지?

나 역시 죽는다
그러나 산에서 발 헛디뎌 죽은
헤이다르처럼은 아니다
그 참에 늑대들만 신났고
하디제는 곱게 수놓은 혼수 보따리를

옷장 깊숙이 감출 수밖에 없었다
이제 누가 야생마들을 길들이지?

나 역시 죽는다
그러나 감기 걸려 죽은
퍼테메처럼은 아니다
늙은 모친이 강가로 나가
약초 주전자를 씻어 왔다
이젠 누가 수확한 밀을 창고로 옮기지?

나 역시 죽는다
그러나 뱀에 물려 죽은 골럼호세인처럼은 아니다
그 후 그 아버지는 골짜기, 다리 없는 강물만
보면 눈물지었었다
이젠 누가 양 우리를 치우지?

나 역시 죽는다
그러나 북적대는 길거리
무관심한 사람들의 눈빛

신경질적인 의사가
국립병원에서 퇴근하며 모는
자동차의 무자비한 바퀴에 깔리기는 싫다
그러면 이, 삼일 뒤 신문 부고란
4x6cm짜리 박스 사진 밑에 이렇게 뜨겠지
이제 고인이 되어……
그럼 과연 누가 쓰레기통의 배를 채워 주게 될까

살먼 하러티(*Salman Harati*, 1959~1986)

주로 정치, 사회 이데올로기를 직간접적으로 표
현하기 위해 시를 썼다. 젊은 나이에 교통 사고
로 세상을 떠났다.

대표 시집으로는 『초록빛 하늘』, 『태양의 집을 향
한 문 하나』, 『이 별에서 저 별까지』, 『이방인의 노래』, 『낡은 주전자
속의 물』등이 있다.

사랑의 슬픔

페주먼 바크티어리

내 마음 깊은 곳
누군가를 위한 사랑의 공간 따윈 없다
이 삭막한 폐허에 발 디딜 자 하나 없다
그 누구에게 이 마음을 전해 주든, 도로 가져 가라 한다
미친 사람을 참아 낼 여유 있는 이는 없으니까

이 세상 잔치엔 서러운 우리 마음이 있을 뿐이다
자기 몸을 태우지만
모여드는 나비 하나 없는 저 촛불은 우리 마음 같다

마음은 사랑을 위한 집이나
이 집엔 다른 사랑의 장식일랑 존재하지 않는데,
나 진정 누구에게 하소연해야 하나

내가 물었다
그대는 어찌하여 내 덫에 걸리지 않나요
그대가 대답했다
어쩌지요? 당신이 놓은 덫에는 알곡이 없는 걸요

지성을 뽐내는 자들과는 나 어울리지 않으리라
광인狂人에게 고상한 담화를 기대하지 말라

그대 언제까지 흘러간 영웅의 옛이야기만 늘어놓을 것
인가
고작 열흘 남짓 인생살이, 이야깃거리가 뭐 그리 많다고

페주먼 바크티어리(*Pezhman Bakhtiari,
1900~1974*)

시인, 번역가. 프랑스어에 정통하여, 프랑스 소설
가 샤토브리앙의 작품 『르네』, 『아탈라』 등을 페르
시아어로 번역 출간하였으며, 페르시아어 고전
시인 허페즈의 전집 필사본을 고증과 연구를 통해 인쇄본을 출판하
기도 하였다. 그의 시는 페르시아 고전시 스타일을 따르면서도 유
럽 시의 영향을 받았다. 그의 작품은 당대 유명 가수들에 의해 노래
로 발표되기도 하였다.

너를 그리며

아볼하산 바르지

봄바람 불어와 그대 향기를 전해 주자
그대 향한 갈망이 또다시 돋아난다
새벽녘 꽃망울을 터뜨리는 꽃송이마냥
피로 얼룩진 이 마음도 그대 향해 봉오리를 터뜨린다

더 순결한 모습으로 그대 눈 속에 들어갈 수 있도록
나의 시선은 눈물로 몸을 씻고 그대를 향한다

그대, 갈망의 꽃밭이여
나비, 산들바람, 나, 우리는 밤낮으로
그대 찾아 헤매었다

밤새야, 너는 누구를 위해 괴로워하느냐?
그 자의 고통에 목이 메여
너의 울부짖음, 목구멍 속에서 불이 되었느냐

연인이 따라 주는 이 술이야말로
인생의 약이 되니 소중히 다루어라, 마음이여

내 입술이 그대 이야기 멈추고 침묵한다면
눈물로 그대 이름 이 얼굴에 써 나가리

이른 봄 내가 사랑으로 무얼 얻었는지 아는가?
오직 그대 뜨락에 흩뿌렸던 서러운 꽃송이들뿐이었다

꽃처럼 그댈 내 품에 담겠다는 희망을 품고
아침마다 나 산들바람 되어 그대 뜰로 내달린다

아볼하산 바르지(*Abolhassan Varzi, 1914~1994*)

테헤란대학교 법대를 졸업. 판사 등 여러 공직에
있으면서 시인과 번역가로도 활동하였다.
대표 시집으로 『사랑의 말』, 『비밀의 광선』, 『익
숙한 목소리와 고통의 노래』, 『사랑 노래 사랑 언
어』, 『인생의 선물』등이 있다.

젊음에 대하여

라히 모아예리

나는 사랑하는 이들 발밑에 떨어진 눈물
나는 꽃 그림자에 안식하는 가시
사랑의 새봄이여,
나는 너의 빛깔과 향기에 취해
제비꽃처럼 고개를 숙이었다
나 흙 알갱이처럼 너를 그리며 발밑에 떨어졌고
눈물 흩날리듯 너의 뒤에서 달렸다
내 평생 빛나는 젊음을 본 적 없지만
타인들에게 젊음의 이야기는 들어보았다
건강함의 술잔으로 맑은 술 마셔 본 적 없고
희망의 줄기에서 쾌락의 꽃송이 따 본 적 없다
하늘이 내게 흰머리를 거저 준 게 아니다
내 젊음을 팔아 흰머리를 산 것이다
삼나무야, 네 자유로움을 뽐내지 말라
너는 발이 묶여 있지 않느냐
세상 모두를 멀리하는 나야말로 자유인이다
내가 세인들 눈을 피해 달아나도
나를 탓하고 비난하지는 말라
나는 사람 구경한 적 없는 사슴일 뿐이니까

라히 모아예리*(Rahi Mo'ayyeri, 1909~1968)*

시인 겸 작곡가.

대표 시집으로 『아침에 내리는 비』, 『인생의 그림자』, 『자유인』, 『라히의 선물』 등이 있다.

나를 외면하고 가라

마흐무드 사너이

나는 무거운 짐, 그대 나를 외면하고 가라
착하든 악하든 이게 내 모습이니
나를 외면하고 가라

나 그대가 딱한 이들 보고도 외면한다고 들었다
내가 바로 그 딱한 자인가 보다
그러니 그댄 나를 외면하고 가라

자신을 태워 죽이는 촛불아, 네 울음이 부질없구나
너는 내 머리맡엔 머물지 말고
나를 외면하고 가라

내 고통을 아는 이 하나 없다
죽음이 나를 편히 해줄 수 있게
나를 외면하고 가라

나의 단잠 속, 눈에는 무거운 부재不在의 꿈이 내려앉았다
나를 외면하고 가라

세월의 망나니가 내 발목에 족쇄를 채우도록 하라
나는 비난받아 마땅하니 그저 날 외면하고 가라

세상을 향한 나의 두 눈에
오직 좌절의 악몽만이 보이도록
나를 외면하고 가라

마흐무드 사너이 *(Mahmud Sana'i, 1924~1982)*

시인, 캐리커처 작가. 그의 작품 중 일부는 유명 가수들에 의해 노래
로 발표되기도 하였다.
대표 시집으로 『여명』이 있다.

모든 게 끝났다

이라즈 데흐건

맹세를 저버리고 그녀는 말했다
모든 게 끝났다고
나는 울먹이며 대답했다
하지만 너무 빨리 끝났다고
봄이었다
그대가 있었고 사랑과 희망이 있었다
봄도 가고 그대도 가고 모든 게 다 지나갔다
내 인생에서 하룻밤 행복했던 적 있다면
그대 곁에서 노래와 더불어 보냈던 그 밤
소중한 기억으로 내 마음속에 남았다
그대와 함께 강가를 거닐던 그 밤
부드러운 바람이
향긋한 그대 머리카락을 쓰다듬었을 때
엉켜 있던 우리의 매듭이 풀렸었지
그대가 나 때문에 마음 언짢았던 적 있더라도
더 이상 생각하지도 슬퍼하지도 말라
이젠 모두 다 지난 일이니까

 이라즈 데흐건(*Iraj Dehqan, 1925~*)

페르시아 어문학 박사. 30세까지 고등학교에서 교편을 잡았다. 그 후 미국으로 이주하여 페르시아 어문학을 강의하였으며 현재도 미국에서 거주하고 있다.

대표 시집으로『야생화』,『무너진 다리』,『미치다』등이 있다.

비

바퍼 케르먼셔히

나는 사막의 불타오른 육신
비야, 부슬부슬 내려 다오
너른 이곳엔 슬픔이 가득하다
그래도 너는 슬픔 없이 내려 다오
침묵의 계곡
나는 침묵으로 피멍 들었다
나의 꽃망울이 웃음 짓도록
이슬비를 뿌려 다오
홍수를 불러오는 소나기도
압제의 손아귀를 씻어 내지는 못한다
왕궁이 싹 씻겨 가도록 새차게 퍼부어 다오
폐허가 된 우리 집이 붉은 튤립처럼
절두絶頭의 순교 성지가 되도록
비통한 눈물은 물론 핏방울까지 내려 다오

150

바퍼 케르먼셔히(*Vafa Kermanshahi, 1935~2013*)
이란 중서부의 케르먼셔 주 출신이다. 1961년에 '소한*sokhan*' 문인협회를 세워 매달 발간되는 협회지를 통해 자신의 작품들과 케르먼셔 주에서 활동하는 시인들의 작품과 활동을 알려 왔다.

그의 작품들은 아직까지 단독 시집 형태로 발간된 적은 없지만 '소한' 협회지나 『희망의 죽음』, 『비단 정원』과 같은 묶음집에서 타 시인들의 시 작품을 소개하면서 자신의 작품들을 함께 공개하였다.

지옥의 문턱

발리올러 도루디언

지옥의 문턱, 나의 밤이 끝나지 않기를 기도한다
붉은 태양의 불길이 나의 존재를 태웠다

나는 저 사막의 나무
불타는 목마름으로 야속한 하늘에 물 한 대접 갈구한다

나는 이 지옥에 영원히 갇힌 몸이 되어
달빛도 못 보고 바람도 느낄 수 없다

구름도 내 위로 지나가는 친절을 보이지 않았다
나도 열기로 타들어 가니 도와 달라 애원하지 않았다

나라는 존재 저 높이 그림자를 드리워
나를 밤으로 인도해 줄 검은 구름 어디 있는가

사막 저 외딴곳에 머물 수 있도록 늘 기도한다
내 비록 지금은 흙에 매여 있는 신세이나
본디 하늘 가문 출신이다

발리올러 도루디언(*Valliollah Dorudian*, 1940~)

테헤란대학교 사회학과 졸업. 시인, 작가 겸 학술
연구인.

대표 시집으로 『바람과 비의 울부짖음 속에서』,
『쓰디쓴 땅』 등이 있다.

제4부

내겐 어려울 게 없다

나 달아날수록

엠런 살러히

달아나면 달아날수록
그대에게 가까워진다
고개를 돌려도
그대 모습은 더욱 더 눈에 들어온다
나는 열병의 바다
그 위에 떠 있는 섬
어느 쪽을 보아도
그대가 그어 놓은 한계들뿐이다
천 하고도 한 개의 거울이
그대 모습만 빙글빙글 보여 준다
그대는 나의 태초太初
나는 그대 안에서 끝을 맺는다

엠런 살러히*(Emran Salahi, 1947~2006)*

시인, 번역가, 작가, 이란 국영 방송국 근무.

대표 시집으로 『물 속에서 울다』, 『안개 속 열차』,

『17일』, 『느닷없는 눈빛 하나』, 『아, 새벽 바람이

여』, 『1001개의 거울』, 『내 이름에서 성姓을 빼고

불러 주오』 등이 있다.

나의 겨울에 둥지를 틀라

호세인 몬자비

나의 작은 참새야,
나의 겨울 속으로 날아와 둥지를 틀어라
너의 지저귐으로 이 집에 노랫가락 흐르게 해 다오
짓궂은 새들처럼 나뭇가지 위를 날다가
내 한쪽 어깨에서 날갯짓하고
반대편 어깨 위에 집을 지어 다오
너의 숨결로 내 쉼터에 행운을 불어 다오
너의 산들바람으로 내게 봄기운을 보내 다오
내 머리에서 이 무거운 눈덩이부터 치운 다음
헝클어진 내 머리카락 너의 손으로 빗겨 다오
어두움과 외로움이 두렵지 않더라도
무섭다며 내 품안에 안겨 다오
너의 사랑으로 젊은 영혼을 내게 이식시켜 주겠니
내 영혼의 매듭을 모두 새싹으로 바꾸어 다오
너와 나 사이, 이 옷도 육신도 다 던져 버리고
나와 완전히 하나가 되어 주겠니
나의 시에 예전 그 느낌을 되살려 다오
내 안에서 열정을 다시금 불러일으켜
사랑의 시를 읊을 수 있게 해 다오

호세인 몬자비(*Hossein Monzavi, 1936~2003*)

테헤란대학교 페르시아 어문학과를 중퇴하고 사
회학으로 전공을 바꾸었다. 그는 페르시아어와
아제리어로 작품 활동을 하였다.

대표 시집으로『고난을 맞아 사랑으로』,『호박琥珀
과 장뇌樟腦』,『독초毒草와 설탕』,『이렇게 간단히』,『침묵과 망각』,『종
이로 만든 이 옷』,『햇살 등대』등이 있다.

촌사람

모함마드 알리 바흐마니

간단히 말하지요 나는 촌사람이에요
이 근방 출신이지요
환한 얼굴의 이웃, 어두운 얼굴의 식구들
쉽게 쉽게 말할게요
몸에선 아직 풀냄새가 나는
그런 촌사람이 바로 나예요
나 비록 지금은 이렇게 도시인이 되어 버렸지만요
내 고향 마을 낯선 뜰과 정원에
장식용 꽃이라곤 없었어요
내 고향 마을에선 우량 품종 말에도
값나가는 편자를 박지 않았지요
하지만 흙벽돌 냄새가 나는 담벼락
기껏해야 몇 가구
순박한 주민들
샘물에 비친 내 모습을 못 본 지 오래인 내게는
그곳 공기를 포기한 채 도시에서 살아가는 내게는
또 다른 세상이지요
고향 가는 길이
옛날처럼 멀지는 않지만

이젠 나도 압니다

참 좋았던 소박한 그 세상도

더 이상 나를 필요로 하지 않는다는 걸요

모함마드 알리 바흐마니 (*Mohammad Ali Bahmani*, 1942~)

시인 겸 언론 출판인.

대표 시집으로『벙어리 정원』,『나는 가끔 내 마음이 그립다』,『머리결과 모자와 하이에나』,『시인은 듣는 것이다』,『갈대 숲』,『이 집엔 불에 타지 않는 단어들이 있다』등이 있다.

마음으로 쓴 편지

메흐르더드 아베스터

그댄 신의를 저버렸지만 나는 지켰어요
그댄 잘못을 못 보았겠지만 나는 보고 말았어요
그댄 약속을 깨 버렸지만 나는 깨지 않았어요
그댄 나를 내쳤지만 나는 그러지 않았어요
그대로 인해 세인들에게 핀잔 들었고
그대 때문에 내가 한 일에 후회도 했었죠
나는 누구일까요
밤마다 그대를 그리며
불평 가득한 눈에서 터져 나오는 눈물의 꽃송이죠
못마땅한 얼굴로 나는 뛰쳐나가곤 했죠
슬픔은 나의 몫인데 온 세상은 기쁨을 나누네요
이 넓은 세상 내가 하필 그대 사랑을 택한 탓이겠죠
내가 암울하던 날만 빼고
그대는 날 보고 웃어 주질 않았어요
마치 양초처럼요
그댄 모습조차 보여 주지 않았어요
그사이 난 흰머리만 늘고 말았네요
이 세상에 내가 하지 않은 후회
내가 듣지 않은 힐난이란 건 남아 있지 않아요

난 오로지 당신을 향해 믿음과 신의를 보였을 뿐
그대에게서 벗어날 길이 없었어요 그 대신
서러운 이 마음, 내 양손과 어깨 위의 짐이 되어
나 괴로워합니다
청춘은 날랜 말처럼 지나가 버렸고
난 먼지처럼 그 뒤를 쫓으며
잡아 보려 했지만 닿을 수 없었어요
이 운명이 서러워 눈물 흘렸어요
내 인생도 누런 얼굴처럼 늙어 버렸네요
그대는 신의를 저버렸지만 나는 지켰어요
내 희망의 빛이었던 그대, 보았나요
내가 얼마나 굳건히 우리 맹세를 지켜왔는지

메흐르더드 아베스터(*Mehrdad Avesta*, 1930~1991)
시인 겸 작가. 철학과 음악 분야에서도 활동하였
다. 대표 시집으로 『카라반에서 벗어나다』, 『어라시
를 위한 서사시』, 『라마』, 『말하기의 고통에 대하여』,
『이맘은 또 다른 서사시』 등이 있다.

기다림

에머드 호러서니

나의 사랑, 그대를 기다린 지 세 시간째
세 시간 동안 인생도 세월도 흘러가 버렸네
그대에게 무어라 말하면 좋을까
나와 내 마음이 그 시간을 어찌 보냈는지
그저 그대 기다림에 지나갔노라 말하면 그걸로 된 걸까
하지만 그 세 시간 동안 내 마음의 뜰에는
천 번이나 가을이 오고 봄이 지난 것 같아
힘겨운 시간이었지만 나 불평하지 않으리
외려 천 번이라도 감사해야겠지
나의 사랑을 기다리며 지나간 시간이니까

에머드 호러서니(*Emad Khorasani*, 1921~2004)
연가戀歌로 유명한 이란 현대 시인 중 한 명이다.
대표 시집으로 『천국에서의 하룻밤』, 『항아리』,
『하이얌의 묘에서』, 『에머드 시 전집』 등이 있다.

꿈

레저 바러헤니

시커먼 꿈의 웅덩이 속에서
나는 보았다
조각난 햇빛의 형상을
한 여인과
동전 하나, 나무 한 그루, 거울 하나를

나는 이제 잠에서 깨어
거울로 가득한 꿈을 고대하며
여기 이렇게 앉아 있다

레저 바러헤니 *(Reza Baraheni, 1935~)*

시인, 소설가, 평론가. 이란, 미국, 캐나다의 여러
대학에서 강의하였고 이란작가협회를 창설했다.
1997년 캐나다로 망명하여 현재 캐나다에 거주중
이며 2000~2002년까지 캐나다 펜클럽 회장을 맡
기도 하였다. 그의 작품들은 여러 언어로 번역 출판되었다.
대표 시집으로『정원의 사슴들』,『숲과 도시』,『크나큰 슬픔』,『창가
로 오라』,『이스마일』등이 있다.

내겐 어려울 게 없다

샴스 랑게루디

거리를 고이 접어 여행 가방에 넣어
당신을 제외한 어느 누구도
빗소리를 못 듣게 만드는 것
내겐 쉬운 일이다

석류나무더러 석류를 우리 집까지
직접 배달해 달라고 하는 것
삼일 밤낮 물과 모이 없이 햇빛을 방치해 뒀다가
힘 빠진 한낮 태양이 지팡이질을 하면서
카스피 해海 하늘 위로 올라가는 모습을 보는 것
참새의 지저귐으로 옷감을 짜서
잠옷을 만드는 것 역시 나는 어려울 게 없다

절망한 별똥별에게
다시 돌아가라 명을 내리거나
물처럼 나긋나긋 말하거나
바위 한가운데를 쪼개어
불가능한 일을 가능하게 만들고
대지가 내 귓가에

이제 그만하라고 속삭이게 만드는 것
이 모두가 나는 어려울 게 없다

하지만
그대가 '예스'라는 말로 삶을 받아들인 지금
죽음이 무엇인지 이해한다는 건
나에게 결코 쉬운 일이 아니다

샴스 랑게루디(*Shams Langerudi, 1950~*)

시인, 소설가, 학술인. 출판사를 운영하고 있고, 두
편의 영화에도 출연한 바 있다.
대표 시집으로 『갈증의 태도』, 『달빛 세상』, 『쉰세
편의 사랑 노래』, 『거리의 뱃사공들』, 『재와 여인』,
『눈에 안 보이는 잔치』, 『밤은 모든 것을 덮는 베일이다』, 『날개 없는
천사의 노래』, 『아직 살아 있다는 죄목으로 나 지금 죽어 가네』 등이
있다.

우리 동네 느릅나무

파르빈 도울라트 어버디

우리 골목 느릅나무가
초록빛 차양을 다시 펼쳤다
높다랗게 우뚝 서 그늘을 만들어
집집마다 시원함을 드리워 준다

뜨거운 여름날이면
나는 그늘 아래 앉곤 한다
매서운 바람, 찬비 내리는 겨울엔
아이들의 피난처가 되어 준다

사랑을 엮는 다정한 나무는
우리 집 손님, 우린 물을 대접한다
우리 골목 기쁨의 원천인 나무
푸르른 소중한 나무

우리는 가지 위에 둥지 튼 참새처럼
나무의 가지를 속속들이 다 안다
아침 바람은 나뭇잎을 어루만지며
내 귓가에 우정의 노래를 부른다

파르빈 도울라트 어버디*(ParvinDoulatAbadi, 1924~2008)*

유아교육학 박사. 주로 동시 분야와 사회적 문제
를 다룬 시를 썼다.
대표 시집으로『불과 물』,『구름의 돛단배 위에서』
등이 있다.

배상금

베흐저드 케르먼서히

우리 사는 몹쓸 세상에선
의인義ㅅ이 쓸쓸히 죽어가도
누구 하나 그를 기억하지 않는다

의인이 세상을 떠나면
지혜의 판례에 따라
그 아버지나 스승에게서
배상금을 받아 내야 한다

그 아버지는 자식에게 불의를 알려 주지 않았고
　스승은 제자에게 사기를 알려 주지 않은 잘못이 있으
니까

 베흐저드 케르먼셔히*(Behzad Kermanshahi, 1926~2008)*

시인이자 교육가, 서예가. 테헤란대학교 페르시아 어문학과를 졸업하고 고향인 케르먼서로 내려가 27년 간 고등학교 교사로 문학을 가르치면서 페르시아 고전 시 양식으로 시를 발표하였다. 페르시아 고전 시 양식으로 그가 발표한 시는 약 10,000여 행에 달하는데, 주로 《야그머》, 《소한》, 《네긴》, 《자허네노》 등과 같은 영향력 있는 문예지를 통해 발표되었다.

대표 시집으로 『이파리 없는 꽃 한 송이』 등이 있다.

낡은 코트

모함마드 알리 아프러쉬테

14년 된 나의 코트
소매 끝과 밑단이 다 닳았다

거꾸로 뒤집히고
갈라지고 기워진 너

색이 바랜 채
올 풀리고 꼬깃꼬깃하구나

너의 깃은 걸레나 다를 게 없다
장사꾼의 앞치마도 너보단 낫겠구나

마즈눈[1]의 심장처럼 찢어지고 헐었구나
골린의 보자기처럼 여기저기 기웠구나

싸전에 백 번이나
저당 잡혔다 되찾아온 너

올해도 변함없이

나를 지켜 다오

올 10월과 11월[2]도 가지 말고
신께서 도우사 내년까지 견뎌 보자

---

1. 페르시아 시인 네저미가 쓴 로맨스 서사시 『레일리와 마즈눈』에 등장하는 남자 주인공. 마즈눈은 어릴 적부터 좋아한 이웃 부족 레일리에게 청혼을 하지만 그녀의 가족은 이를 거절한다. 결국 두 부족 사이에는 전쟁이 벌어지고 레일리는 다른 남자와 결혼을 한다. 실연의 상처로 마즈눈은 이성을 잃고 미쳐 황야를 헤매고 다닌다.
2. 페르시아 고유력으로 10월과 11월은 서기력 12월 21일부터 2월 20일까지로 겨울철에 해당한다.

모함마드 알리 아프러쉬테(*Mohammad Ali Afrashteh, 1909~1959*)

시인, 언론인, 사회운동가, 교사 겸 연극 배우. 구어체 어휘를 적극 활용하였고, 이란어 군群의 한 계파인 길라키어로 쓴 작품들 역시 유명하다. 정치 풍자 일간지 《첼렝갸르*Chelenggar*》를 발간하기도 하였다. 대표 시집으로 『자네 말했는가』, 『자물쇠 수리공』, 『길라키어 시 모음집』 등이 있다.

나라 사랑하는 법

데흐호더

아직도 생생하다, 어릴 적 기억
난 닭장을 건드렸었다
부리로 나를 어찌나 매섭게 쪼아 대던지
핏줄이 터져 피가 솟구치듯 눈물이 와락 쏟아졌다
아버지가 우는 나를 보시고 껄껄 웃으셨다
잘 보았니?
내 나라 지키는 법을 저 닭한테 배우거라

데흐호더*(Dehkhoda, 1879~1956)*

작가, 정치가, 언론인, 언어학자, 사전 편찬인, 번역가 겸 시인. 사회 비판적 요소가 담긴 애국시를 많이 남겼다. 시적 언어와 소설 작법면에서 기존의 방식과는 차별화된 새로운 시도를 하였다. 또한, 총 15권에 달하는 『데흐호더 대사전』을 편찬하기도 하였다.
대표 시집으로 『데흐호더 시 묶음집』, 『시전집』 등이 있다.

그리운 아버지

타기 푸르넘더리언

어둠이 짙게 깔린 1월의 어느 밤
진눈깨비가 꾸짖듯
고요히 무겁게 내리던 밤
죽음은
밤도둑마냥 슬그머니 들이닥쳐
그를 데려갔다

흙의 겸손과 선함을 닮았던 분
물의 순종과 만족을 닮았던 분
아, 그런 아버지를 흙이 집어삼켰다

싸늘히 굳은 모습이라도
아버지의 마지막을 함께 한 이를
잠시라도 만난다면
가시던 순간 그 입술에 담긴 마지막 말씀이
무엇이었느냐고 묻고만 싶다

마지막으로 뵈었던 아버지 모습
내 기억의 책갈피에 남아 있다

액자 속에 담긴 사진처럼, 변함없이

아, 더 이상 안 계시다니……
세월이 흐르면
내 기억 속 아버지 모습 또한
다른 선과 색으로 그려질 테지

내가 길 떠났다 돌아올 때면
한껏 들뜬 아이마냥
내 곁에서
반가움의 눈물을 흘리고
내 머리를 가만히 쓰다듬으며
머리와 얼굴에 입 맞춰 주시던 아버지
따스하지만 지친 목소리로
채 글로 옮기지 않은 당신의 시들을
귓속말로 읊어 주시던 아버지
내가 웃으면 아버지도 웃음 지으셨지
귀 어둡고 눈 침침한 아버지 마음 달래드릴 겸
나 역시 여독 안 풀려 탁한 목소리였지만

아버지 귓가에 야그머[1]의 시구를 읊어 드렸지
아버지가 웃으시면 나도 따라 웃었지

아, 이젠 고향집에 돌아와 보아도
아버지가 안 계시는구나
낡고 오래된 함은 여전한데
그 안엔 더 이상 보석이 없구나

---

1. 19세기 페르시아의 카자르*Qajar* 왕조 때 활동했던 시인. 순수 페르시아 어휘를 사용한 그의 작품은 서정적이면서도 해학과 위트가 넘친다.

 타기 푸르넘더리언*(Taghi Purnamdarian, 1942~)*

테헤란대학교 페르시아 어문학과 대학원 졸업 (문학박사). 시인 겸 문학평론가. 현재 인문학 문화 연구원 페르시아 어문학과 교수로 재직중이며 특히 페르시아 고전문학 연구 분야의 권위자이다. 페르시아 고전문학 작품 속에 숨어 있는 상징들에 대한 연구 학술서(1985년 초판, 2007년 6판 발행)는 그해 최우수 서적으로 선정되기도 하였다. 대표 시집으로『빈 손의 나그네들』이 있다.

새벽 별

모쉬페그 커셔니

그대, 밤에 오라
새벽하늘에 별이 되어 보자
제비와 더불어 다시 여행을 떠나 보자
힘을 모아 새장의 문을 허물어 보자
높이 날아올라 슬픔을 잊어 보자
큰마음 용기 내어 희망의 파도를 타고
물새들처럼 바다 위를 떠다녀 보자
봄이 왔으니 화단에 꽃을 심고
붉은 꽃 가득한 마을 길목, 나그네의 등불이 되어 보자
은빛 연못에서 제비도 넘어 보고
연 날리며 민들레도 되어 보자
한숨의 등불일랑 기억의 은하수에서 거두어 들이자
우리 새벽 별이 되어 보자
새벽 별이 되어 보자

모쉬페그 커셔니*(Moshfegh Kashani, 1925~2015)*

테헤란대학교 대학원 졸업 후 37년 동안 교육부 소속으로 근무한 바 있다. 2015년 1월, 이란 시인 협회에서 열린 시 낭송회에서 시 낭송을 하던 중 갑작스런 심장마비로 세상을 떠났다. 이란 시인 협회장을 역임하였으며 제70회 올해의 시집상 부문 2010년 우수 시인, 예술 부분 1등상 수상, 올해를 빛낸 인물로 선정된 바 있다.

대표 시집으로『운명의 기억들』,『인생의 노래』,『한적한 친교』,『기억들』,『햇살로 빚은 술』등이 있다.

한 여인이 지나간다

퍼테메 러케이

도시의 넓은 광장
손과 발이 쇠사슬에 묶인
흉악범 하나 끌려간다
말쑥한 신사는 이렇게 말한다
"파렴치한 놈"
의사는
"사회의 기생충"
청소부는
"더러운 쓰레기 같은 놈"
겸허히 기도하는 사람도 있다
"하나님, 도와주세요"

한 여인이 지나간다
"불쌍해서 어쩌나
널 낳으신 어머니 딱해서 어쩌나"

 퍼테메 러케이(*Fatemeh Rakei, 1954~*)

언어학 박사. 6대 의회(2000~2004) 국회의원. 현재 이란 시인협회장을 맡고 있으며 알자흐러대학교 교수로 재직중이며 여러 단체장으로 활동하고 있다. 파즈르*Fajr* 국제 페스티벌 선정 시인, 혁명시인 표창, 쿠알라룸푸르 시문학 위원회로부터 표창을 받았다.

대표 시집으로『어제 우리 곁에 누군가 있었다』,『어머니의 마음으로』,『돌에 핀 꽃의 노래』등이 있다.

이 부근 공기만으로도

소헤일 마흐무디

공허한 감정 하나와
상상 속에 핀 꽃만으로도
나는 만족합니다
전설이 차려진 밥상 머리맡
질그릇 하나만 있어도 만족합니다
슬픔의 사막이나 설움이 북받치는 땅에서
봄이 온다는 상상만으로도 설렙니다
슬픔의 베개 위에 머리를 누일 때
서글픈 마음이 든다 하여도 만족합니다
색깔과 소리가 휘몰아치는 이 계절에
양탄자의 봄 문양만으로도 흡족합니다
나의 하늘은 새장 속 차가운 공간뿐입니다
하지만 내 안일한 날개는 그 슬픔에도 만족합니다
나 비록 이 거리 사람은 아닙니다
하지만 이 부근 공기만으로도 나는 뿌듯합니다

 소헤일 마흐무디(*Soheil Mahmoudi*, 1961~)

시인, 언론인, 방송 작가 겸 유명 방송진행자이다. 제3회 라디오 페스티벌 우수 진행자상, 이란-이라크 전쟁기념 올해의 도서 선정, *Moral & Adoration* 상 등을 수상하였다. 현재 이란시인협회 운영위원이며, 그의 작품 중 일부는 여러 유명 가수들에 의해 노래로 만들어졌다.

대표 시집『도시는 잠든 악마』,『당신을 알기 전 재스민은 그저 꽃 이름일 뿐이었다』,『하얀 노랫말』,『끝나지 않은 사랑』,『나와 그대의 마지막 말』,『구름 위의 집』,『새가 되고 싶던 소녀』등이 있다.

저금통을 깨라

아프쉰 알러

저금통을 깨라
붉은 꽃향기 한 바구니를 사서
산들바람에게 건네주어라
저금통을 깨라
나비를 가득 사서
순국 영령들의 무덤 위에
풀어 놓아라

저금통을 깨라
하나님을 볼 수 있는
거울을 하나 사라
공도 하나 사라
힘껏 차면 '골'이 될 수 있는 공을
저금통을 깨라
어머니의 근심이 잦아들게
얼마나 많은 일을 할 수 있는지 보아라
약을 사서 아버지께 드리면
아버지 피곤을 잊으신다

저금통에는
사랑의 마음을 채워야 한다
어느 날
네 손에서 미끄러져 깨지더라도
재스민 꽃향기가
세상 가득하도록

아프쉰 알러(*Afshin Ala*, 1969~)

테헤란대학교 정치학과 졸업. 언론 출판인, 방송
인. 이란 최초 아동신문《해바라기*Aftabgardun*》
의 발간에 참여하였고,《푸른 하늘*Gonbadekabud*》,
《조개와 친구*Sadat o Dust*》와 같은 아동청소년 잡
지의 편집장을 맡는 등 아동청소년 문학을 중심으로 활발한 활동을 펼
치고 있다. 현재 이란시인협회 운영위원이며 제1회 파즈르*Fajr* 국제
시문학 페스티벌에서 우수 시인으로 선정되었다.
대표 시집으로『나비 한 무리』,『바람의 소녀 나심』,『나도 시를 쓸 수
있어요』,『안개에 대한 기억』,『봄 향기 가득한 바구니』,『어린이 같은
연가戀歌』등이 있다.

가을

메흐디 하미디 쉬러지

가을이 찾아왔다
꽃은 고운 빛을 잃었다
돌멩이 맞아 깨져 버린 옹기마냥
남은 꽃 하나 없다
정원 가득 그 곱던 모습들이
구름과 바람 앞에 흔적도 없다
나무와 꽃의 발치에서 들리던 선율들
이젠 낙엽과 나긋한 개울 소리만이 남았다
새들의 지저귐으로 가득하던 나뭇가지엔
뻐꾸기가 구슬피 울어 댄다
정원에서 꽃이 자취를 감추고
나에게 남은 것은 오직 그대 생각뿐
아, 나의 소망이여
누구나 세상에 무언가를 남긴다
우리가 남긴 것은 소망뿐이다
"그도 가 버렸구나!"
세인들이 이리 말하기 전에
어느 밤 한 번쯤은
그대 나를 기억해 주길

메흐디 하미디 쉬러지(*Mehdi Hamidi Shirazi, 1914~1986*)

테헤란대학교 페르시아 어문학과 대학원 졸업(문학박사). 시인, 번역가, 평론가 겸 대학교수 역임. 대표 시집으로『꽃송이 또는 새 노래들』,『기억에서 지워지다』,『1년 후』,『연인의 눈물』,『흑빛 세월』,『깨어진 주문』,『천국의 속삭임』,『십계』,『고니의 죽음』등이 있다.

자애

서에드 버게리

자애로우신 분이여
당신께서 아름다움과 추함을 가려 주소서
고된 세상살이에 지친
인간의 영혼을 살펴주소서

도끼와 쇳덩이와 연기 속에서도
인간다움을 잃지 않게 하소서
마음씨를 더 곱게 쓸 순 없었는지
스스로에게 묻게 하소서

아, 하나님
혼돈의 세기를 살아가는 인간은
당신을 잊었나이다
꽃과 태양과 풀잎을 잃었나이다
모든 기억을 바람에 날렸나이다

태초의 사랑으로
저희 짐의 무게를 덜어 주십시오.
푸른 하늘을 되찾아 주시옵고

자애의 하늘을 머리 위에 드리워 주소서

서에드 버게리 *(Saed Baqeri, 1960~)*

2006년 테헤란 우수 시인 선정, 2013년 쿠알라룸
푸르 시문학 위원회 표창을 받았다. 이란 국가의
작사가이다. 1983년부터 이란 국영 방송국에서
라디오, 텔레비전 프로그램의 진행자로 활동하였
다. 그의 작품 중 일부는 모함마드 에스파허니, 알리레저 에프터허
리 등 여러 유명 가수들에 의해 노래로 발표되었다.
대표 시집으로『밤이 오는 무렵』,『버스 안을 걷다』,『남쪽의 속삭임』
등이 있다.

옮긴이의 말
이란 시의 오늘

최인화

이란 시의 오늘

이란은 예나 지금이나 시의 나라이고 시인의 나라이다. 이란인들에게 시는 그저 학교 교과서에 수록되거나 소수의 사람들끼리만 즐기는 대상이 아니다. 일상의 생활 속에서 주고받는 속담과 경구 중 상당수가 시에서 유래된 것일 만큼 시는 그들의 삶 깊숙이 녹아 있다. 괴테도 찬양한 바 있는 14세기 페르시아 시인 허페즈의 시집으로 지금도 여전히 사람들은 점을 치고, 이름을 들으면 누구나 알 만한 어느 현대 시인의 시구가 광고 문구로 쓰여 도로변 곳곳에 설치된 대형 광고판에서 행인들의 눈 속으로 들어와 박힌다. 유엔 본부 건물에 13세기 페르시아 시인 사아디의 시구가 새겨져 있다는 사실을 아는 한국인들은 많지 않겠지만, 자신들의 선조가 남긴 명문이 유엔처럼 상징적 의미를 지닌 곳에 새겨져 있다는 사실을 이란인들은 매우 자랑스럽게 여긴다.

이렇듯 이란인들의 민족적, 문화적 자부심의 원천이 되어 온 중세 페르시아 시인들의 작품 중 일부는 비록 완역의 형태는 아니지만, 우리 말로 번역 출판된 것이 더러 있었다. 현대 시인 중에서도 포로그 파로흐저드나 소흐럽 세페흐리의 작품 중 일부가 우리 말로 번역되어 소개되기도 하였다. 그러나 이란의 현대 시문학을 대표하는 여러 시인들의 작품이 폭넓게 소개된 적은 없는 것으로 알고 있다. 그러던 중 2014년 초여름, 우리 말로 이란 현대 시선집을 내보는 것이 어떻겠느냐는 주 이란 한국 대사관의 김중식 문화홍보관 님의 제안을 접하였고 고심 끝에 부족한 솜씨로나마 번역 작업을 해보기로 결심하였다.

이란의 현대시를 우리 말로 옮기는 작업을 시작하면서 가장 고민한 부분은 수많은 시인과 작품 중에서 누구의 어떤 작품을 골라야 할지 기준을 정하는 일이었다. 예부터 전해 온 시형을 따른 정형시들은 철저히 배제하고 자유시 형태로만 된 근현대 작품들만을 다룰지, 시형과는 상관없이 20세기 이후 발표된 다양한 주제의 작품들을 골고루 다루어 볼지를 놓고 거듭 고민할 수밖에 없었다. 결국 역자 주위의 전문가 분들에게 조언을 구하였고, 이란에서 출판된 이란 현대 시선집 중 우수한 것을 골라 이번 번역 작업의 저본으로 삼는 것이 좋겠다는 결론이 이르렀다.

그리하여 모르테 저커히가 엮은 『오늘의 이란 시선─어둠보다 더 밝다』와 아프신 바퍼이가 엮은 『20세기 이란 시선─백 년의 시간 백 편의 시』라는 시선집을 택한 후, 이 두 엮음 시집에서 공통으로 소개된 시인들의 작품 중 한 편씩을 골랐다. 20세기 초반부터 현재에 이르기까지 이란의 현대 시문학을 대표할 수 있는 작가의 작품이라면 자유시든 정형시든 시형과 상관없이 다양하게 다루기로 하였다. 1979년 이란 이슬람 혁명 이후로 주목할 만한 활동을 펼쳐 온 동시대 작가들의 작품도 추가하였다. 이 중에는 지난 2014년 한·이란 문화 교류의 일환으로 테헤란에서 양국 시인협회 소속 시인들의 시 낭송회가 열렸을 때 참석하였던 이란 시인 5인의 작품도 포함되었다.

이렇게 총 71인, 71편의 작품을 엮었다. 입헌 혁명기에 활동했던 시인, 고전시의 시형에서 과감히 벗어나 이란 현대시의 토대를 세운 시인, 현대 시문학사에서 최고의 여성 시인으로 손꼽히는 시인을 비롯하여 현재 이란 국가를 작사한 시인 등 20세기 초부터 오늘날에 이르는 각 시대를 대표할 만한 시인들을 소개하였다. 소재면에서도 혼란스러운 정치 사회상을 비판한 참여시부터 인생과 세상살이를 다룬 교훈시, 서정시까지 다양하게 선별하였다.

이 엮음집을 접하는 독자들이 세상을 떠난 아버지와 어머니를 그리며 애달픈 마음을 노래한 시에서는 어느덧 눈가가 촉촉해지는 감정을 공유하고, 눈부시게 아름다웠던 유년의 추억을 떠올리며 자연을 묘사한 시에서는 드넓은 이란의 모습이 어떨까 상상해 보기를 바란다. 시 속에 녹아 있는 찬란한 페르시아 문화와 문학의 흔적을 느끼며 현대를 살아가는 페르시아 제국 후손들의 삶의 모습을 그려 보기를 바란다. 특히 페르시아의 신화나 고전 문학 작품에 등장하는 캐릭터나 이슬람에 대한 언급처럼 한국 독자들에게 생소할 수 있는 부분에 대해서는 독자들의 이해를 돕고자 주석을 달아 간략한 설명도 덧붙였다. 또한 시인들의 이름이나 지명과 같은 고유명사는 최대한 페르시아어 본래 발음에 가깝도록 우리말로 표기하였다. 페르시아어 어휘에 상당 부분 포함되어 있는 아랍어 어원 어휘라 할지라도 예외를 두지 않고 철저히 표준 페르시아어 발음을 기준으로 삼았다. 왜 페르시아와 이란의 인명과 지명이 우리 말로 표기될 때 페르시아어식 발음이 아닌 아랍어 발음 방식을 따라 표기되는지 페르시아어를 전공한 사람으로서 늘 아쉬움이 많았다.

이란의 시는 운율과 시형이 정해져 있는 고전시든, 운율과 시형에서 자유로운 현대시든 모두 음악을 바탕에 담고 있다. 32개의 페르시아어 글자들이 시어를 이루어 창조하는 음악은 시를 소리 내어 읽을 때 귀를 즐겁게 해준다. 때론 감미롭게 때론 격정적으로 시인의 감정과 동화될 수 있도록 돕는다. 음악 위에 담긴 의미는 시를 대하는 이의 마음을 어루만진다. 그러나 우리 말로 옮기는 작업을 하면서 원문의 음률까지 고스란히 전달하기란 결코 쉬운 일이 아니었다. 그 대신 시인의 표현하고자 했던 의미와 감성을 한국의 독자에게 바르게 전달하는 것에 초점을 맞추기로 하였다. 물론 이 역시 호락호락한 작업은 아니었다. 원전의 의미를 최대한 훼손시키지 않으려 최선을 다했지만, 감히 완벽한 번역이라고는 할 수 없다. 우리말로 옮기는 과정에서 잘못된 부분이 있다면 이는 전적으로 역자의 부족한 역량 탓임을 밝히며 독자들의 혜량을 바란다.

이 책에서 소개된 시인들의 작품들이 20세기 이후 이란의 시문학 전체를 아우를 수는 없겠지만, 독자들이 조금이나마 이란의 정서와 가까워지고 찬란한 페르시아 문화와 문학 세게 속으로 발을 내디딜 기회를 맛본다면 역자로서 매우 뜻깊을 것이다.

이 번역 시집의 기획 단계부터 아낌없는 격려와 지원을 해 주신 주이란 한국대사관 김중식 문화 홍보관 님과, 더뎌지는 번역 작업에도 오랜 시간을 인내해 주신 문학세계사의 김요안 실장님께 깊은 감사의 말씀을 전한다. 또한, 역자가 원문 속 숨은 뜻을 하나라도 놓칠세라 꼼꼼히 챙겨 주신 푸르넘더리언 교수님과 솔터니예 선생님께도 감사드린다.

2015년 8월 테헤란

최인화

196